青少年美绘版经典名著书库

QINGSHAONIAN MEIHUIBAN JINGDIAN MINGZHU SHUKU

【经典收藏】

U0734989

【法】莫泊桑 著　吕延林 译

YANGZHIQIU

MOBOSANGDUANPIANXIAOSHUOXUAN

羊脂球——莫泊桑短篇小说选

浙江人民出版社

ZHEJIANG PEOPLE'S PUBLISHING HOUSE

QIANYAN
FOREWORD 前言

　　从诸子蜂起、处士横议的百家争鸣，到大师辈出、人文昌盛的文艺复兴，从闪耀着智性之光的启蒙书籍，到弥漫着天真之趣的童话寓言，几千年来，中外文坛一直人才辈出，灿若星辰，佳作更是斗量车载，形形色色。面对如此浩繁的作品，为了让青少年朋友品读到纯正的文化典籍，畅游于古今之间，我们精心编排了本套经典名著丛书。

　　本套"青少年美绘版经典名著书库"撷取世界文学中的精华，涉及中外名家经典小说、诗歌、杂文、散文等作品，让你充分领略大师的文学风采；甄选中华国学读物《孙子兵法》、《古文观止》、《诗经》等，让你从博大精深的中国传统文化中汲取营养；品鉴外国文学名著《小王子》、《少年维特之烦恼》等，让你和高尚的人谈话，树立坚定的信念；阅读传记、散文《名人故事》、《朱自清散文集》等，让你窥见历史的缩影、沐浴睿智的人文光芒……

　　本套丛书的编排方式以体裁为纲，选取集知识性、趣味性、教育性于一体的经典名著，更有大量与作品内容相得益彰的精美绘图，达成文本阅读与艺术欣赏的相互促进，从而使青少年能够保持一种活泼的读书状态，让他们真正能够走进文学殿堂，获得文学的滋养，领略文学之美。如果这一增长见识、愉悦身心的精神盛宴能够得到青少年朋友的喜爱，那将是我们最大的幸福和希冀。

YANGZHIQIU 羊脂球——
MOBOSANGDUANPIANXIAOSHUOXUAN 莫泊桑短篇小说选

目录 CONTENTS MULU

青|少|年|美|绘|版|经|典|名|著|书|库

QINGSHAONIAN MEIHUIBAN JINGDIAN MINGZHU SHUKU

【经典收藏】

港 口

　　风中圣母号经过四年航行,终于胜利返航。它从中国港口拉了货,运到布宜诺斯艾利斯,然后到巴西,几次远距离航行,这艘风中圣母号排除了种种危险和事故,终于安全回到马赛。

　　起航时,船长、大副、水手加起来共有十六人。回来时,六个布列塔尼人只剩下五个,八个诺曼底人只剩了四个。缺的那个布列塔尼人是在路上死的,而那四个诺曼底人是在各种不同情况下失踪的。后来又招了两个美国人、一个黑人和一个挪威人,挪威人是一天晚上在新加坡的酒店里招来的。硕大的风中圣母号收起帆篷,由一艘直喘气的马赛拖轮拖着。风停了,波浪也平静了,船继续在余波上颠簸着,过了伊夫堡,穿过夕阳笼罩下的一片金黄色烟雾的锚地,缓缓地驶进了古老的港口。

　　港口内的码头停满了来自世界各地的船只,横七竖八,大小不一,式样不同,装备自然也不同。这些船在本来狭小的港湾里,很像一盆缺水乱窜的鱼。

　　风中圣母号停在两艘双桅帆船之间。它们腾出一点儿空儿,以便风中圣母号可以停泊进去。等到办妥港口及海关的各种手续,船长便允许大部分的水手上岸娱乐。夜幕降临,马赛灯火辉煌。在酷热难耐的夏日黄昏,到处车水马龙、人来人往,南方的欢乐气氛充满了城市的每个角落,显得热闹异常,而且还不时飘

来一股浓郁的菜香。

很长时间来一直在海上颠簸的这十个水手，一上岸就每两人一排地排好队，他们习惯了海上生活，对城市生活一时还不能适应。

他们摇摇晃晃地走，慢慢熟悉了方向，找到了那些通向港口的小街。在海上的最后几十天里不断增加的性欲，像酷暑似的煎熬着他们。瑟莱斯兰·杜克洛带着诺曼底人走在前面。他是一个高个儿小伙子，机灵、强壮，每次上岸都是由他充当领队。他了解什么地方不错、什么地方不行，能眼光独到地寻乐，但是很少卷入水手们在港口里常常发生的纠纷。不过，若是卷进去了，他也无所畏惧。

船员们走近了贫民居住区。瑟莱斯兰考虑了一会儿，选中了其中一条如走廊一样弯曲的路，每户门楣上都点着一盏凸出的灯，彩色的玻璃灯罩上标注着很大的号码。狭窄的门槛下，系着围裙的女人靠在椅子上。她们发现来客人了，就马上站起来，几步走到街心的水沟边，挡住这一队人。他们正慢慢地走着，有说有笑，由于靠近了这些妓女的住处，每个人都兴高采烈。

这时，一个仅穿着内衣的胖妞儿从前厅尽头第二道门里走了出来，她十分丰满，裙子短得不像裙子，倒如一条膨胀的腰间束带一样。全身袒露出来的松软肌肉显出粉红色，露在带金边的黑丝绒胸衣的外边，格外显眼。她大老远就高声地叫起来："到这儿来吧，帅小伙子们！"有时她还会亲自上阵，抓住他们中间的一个，如蜘蛛和比它个儿大的昆虫玩游戏一样，吊住他，拼命往门口拉。那个水手被这种挑逗勾引得乱了方寸，其余的人停下来看，想马上进去，又想再延长一会儿这挑起冲动的观赏，拿不定主意。后来，那个女的竭尽全力，辛苦万分地把水手拖到大门口，眼看着这一帮人也会跟在他后面进去了，那个了解妓院好坏的瑟莱斯兰·杜克洛突然嚷起来："玛尔尚，别进去，这地方不行。"

玛尔尚当即按杜克洛的指示做了。这真是一个嫖客与妓女进行交易的庞大市场，和他们一样带着同样目的的还有士兵、小市民、店员等各种人。妓女们排着队非常热情地欢迎他们，而当他们从门前走过却不进去时，她们又抱怨起来。杜克洛最后挑选了一处环境较好的娱乐场所。

人生得意须尽欢！在四个钟头里，这十个水手尽情享受了爱情和酒的味道。半年的薪水就这样一下全花光了。

他们大摇大摆地在大厅里坐定。看着这里的新老主顾,闲着的姑娘们跑过去接待他们,在那些人身边坐下来。这些姑娘的打扮很特别,有的像胖娃娃,有的像歌女。

这些水手一到,他们赶忙挑个要整晚陪着的姑娘,老百姓是不喜欢这样的。他们把三张桌子合在一起,喝了第一杯酒以后,双排队伍变成了单排,不过增加了和水手人数相同的女人,又重新在楼梯上排好队了。这些男女的脚步声在楼梯上响了好久,直到这支爱情分队在每个房间消失为止。

然后,他们会下楼来喝酒,喝完了上去,过一会儿再下来,如此反复。

这会儿酒喝得差不多了,他们抱着选中的姑娘叫着、嚷着、唱着,尽情地发泄着。瑟莱斯兰·杜克洛夹在他们中间,紧紧搂着一个骑在他腿上的姑娘,贪婪地盯着她。他不像别人那么醉态毕露,因此还能够动动脑筋,他性格温存,想和女孩聊聊天。

他笑了,重复着说:

"照你说,照你说……你已经等了好长时间啦?"

"半年。"

似乎这是个品德高尚的证据似的,他对她很满意,接着他又问:

"你喜欢干这一行吗?"

她顿了顿,无可奈何地说:

"习惯就好了。哪一行都一样,干这行也不是说不好,当用人也好,当妓女也好,总之都是下贱活儿。"

听了这番话,他露出赞许的表情。

"你不是本地人?"他问。

她点点头,没有做声。

"远吗?"

像刚才那样,她又点了点头。

"从哪儿来?"

"佩皮尼昂。"

他十分满意,说:

"很好!"

她问他:

"你也是水手吗?"

"不错,亲爱的。"

"你是从很远的地方来的吗?"

"可不,我见过许多港口,去过许多地方。"

"说不定你已经把地球转一圈了。"

"不止一个圈,该有两个圈了。"

她又犹豫了,好像在努力回忆一件忘掉的事,过了一会儿,她换了一种比较严肃的语气问:

"你还遇到过不少船吧?"

"是的,美人儿。"

"你有没有遇见风中圣母号?"

他扑哧一声笑了出来。

"那是上个礼拜的事。"

她脸色苍白,没有一点儿血色。她问:

"这是真的,当真的?"

"当然,就像我们在说话一样。"

"你不会是说谎吧?"

他把一只手举起,说:

"天主在上!"

"那你知道瑟莱斯兰·杜克洛现在还在船上吗?"

他猛地顿了一下,感到十分不安。在回答这个问题之前,他要再探探她的口气。

"怎么,你认识他?"

她也起了疑心。

"不是我,是一个女人。"

"是这儿的女人吗?就住在这条街上?"

"不！"

"是一个什么样的女人？"

"还能什么样，和我一样。"

"这个女人为什么找他？"

"可能是同乡吧。"

他们四目相对，谁都想从对方的眼里看出点儿什么来，他们都已经意识到了，什么事将会发生。

"我能见见这个女人吗？"他接着问。

"为什么？"

"我想说……我想说……我见过瑟莱斯兰·杜克洛。"

"他身体还好吧？"

"很好，小伙子挺结实。"

她又不说话了，过了一会儿才慢慢地问：

"风中圣母号开到哪儿去啦？"

"马赛。"

她忽的一下子跳起来。

"这是真的吗？"

"是真的！"

"你认识杜克洛？"

"是的。"

她又犹豫了，喃喃低语：

"好。这样太好了！"

"为什么？"

"听着，你跟他说……噢！不！不要说！"

他望着她，越发感到不安。他很想知道究竟为什么。

"你认识他吗？"

"不！"她说。

"那你为什么要找他？"

她这次下了决心，起身向柜台跑过去，拿过一只柠檬，切开，把柠檬汁挤到一只杯里，然后加满白水，端过来，对他说：

"把它喝下去！"

"为什么？"

"让你醒醒酒，我要跟你说话。"

他顺从地一饮而尽，用手背蹭了蹭嘴，说：

"可以了，说吧。"

"你一定要答应我，不能告诉他你见过我，也不能告诉他这些话是谁对你说的。你必须发誓。"

他狡诈地举起了手。

"很好，我发誓。"

"你以上帝的名义发誓？"

"我以上帝的名义发誓。"

"好，那你对他说，他父母死了，哥哥也死了，三个人都是因伤寒病死的，1883 年 5 月到现在已有三年了。"

这时，他激动了，周身的血液在沸腾，过了好一阵子，也想不出一句合适的话来回答。很快，他起了疑心，问：

"真的吗？"

"真的！"

"听谁说的？"

她用双手扶住他的两肩，紧盯着他，说：

"你发誓不会乱说？"

"我发誓。"

"他是我哥哥！"

他张口喊了她的名字：

"佛朗苏瓦茜？"

她又紧盯着他看，接着在近似疯狂的恐惧和恐慌中，用低低的，低得几乎自己都听不见的声音，喃喃地说：

"啊，啊！你好吗，瑟莱斯兰？"

四目相对，他们都愣住了。

其他的人一直在吵着、闹着。拳头的声音，玻璃杯的声音，脚后跟击地和着歌曲的声音，还有女人怪里怪气的喊叫声和嘈杂的歌声，交织在一起。

他妹妹就坐在他身上，被他搂着，暖暖的，神色难看！他很怕被别人听见，用低低的声音说：

"唉！我们这是在做什么！"

她眼里噙满了泪水，结结巴巴地说：

"这能怪我吗？"

可是，他突然问：

"按这种说法，他们都死了吗？"

"是的。"

"父母、哥哥都死了？"

"是的，我不是跟你说了吗，三个人一块儿死的，只剩我一个人。除了几件衣服外，再没什么了。因为欠了好多的药钱，还有三人的丧葬费，只好把全部家具抵债了。没办法，后来我去那个瘸子家当用人，当时我只有十五岁，你走那会儿我还不到十五岁。都怪我年轻，太糊涂，跟他发生了关系。后来，我给一个证人当用人，他把我带到了勒阿弗尔，包了个房间跟我乱来。不久，他就再也没回来了。接着我没有饭吃，又没工作，就和许多可怜的女工一样当了妓女。我也曾去过不少地方，见过大世面，但是肮脏极了！鲁昂、埃夫勒、里尔、波尔多、佩皮尼昂、尼斯，还有现在的马赛。"

她涕泪直淌，沾湿了脸庞，流到嘴里。

她又说：

"我以为你也不在了！可怜的瑟莱斯兰。"

他说：

"我根本认不出你来了，你当时是那么的纤细柔弱，可现在却长这么大了！可你怎么会认不出我来呢？"

她做了一个无可奈何的手势。

"我见过的男人太多了，所有这些男人在我眼里都是一样的！"

他一直盯着她，心里乱得很，很想大哭大叫几声。他依旧抱着她坐在自己身上，把两只手摊开搁在她的背上，他仔细端详，终于认出来了，她就是他的小妹妹，当初他在海上颠簸的时候，她自己留在家乡，并且为父母和哥哥送了终。于是，他突然用他的双手，捧住这张重新找到的亲人的脸，像吻骨肉至亲那样吻起她来。他哽咽了。哽咽，男子汉动情时也会哽咽的，像海潮一样涌着，涌着。

他结巴地说道：

"怎么是你，原来是你呀，佛朗苏瓦茜，亲爱的小佛朗苏瓦茜……"

他忽然站起来，大声骂街，抡拳狠命地捶打桌子，玻璃杯被摔得粉碎。他向前迈了几步，摇晃了几下，伸着双手，向地上倒下去。他打滚，哭闹，不停地在地上折腾，像个临死前挣扎的人。

其他水手都望着他笑。

"他醉了！"有一个人说。

"还是把他送回去吧，以免惹出什么麻烦。"又有一个人说。

酒店女掌柜见他兜里有钱，就给了他一张床。于是，其他的醉汉把他扶上狭窄的楼梯，他奔上去，径直去了刚才那个女人的房间。她坐在那张罪恶的床脚边的椅子上，陪着他一直哭到第二天早晨。

羊脂球

最近几天,战败的军队穿城而过,他们已经溃不成军,简直是一群乌合之众。那些人显得很狼狈,脸上的胡子又脏又长,他们既没有军旗,也不分什么团队,所有的人都没有了思想,就像行尸走肉一样继续向前走着。他们中间大多数是刚入伍的新兵,都是老百姓,所以一打仗只有逃跑的份儿了;还有几个夹在他们中间的正规步兵,以及和这些各种各样的步兵排在一起的穿着深色军服的炮兵;偶尔也看得见一个戴着钢盔的骑兵,他拖着沉重的脚步,很吃力地向前走着。

游击队也撤了下来,每一队都有他们光荣的称号,如"失败的复仇队"、"坟墓中的公民队"、"死亡的分享者"等等,他们都带着匪徒的神情。

这些士兵的首领,有的是经营呢线和米粮的商人,有的是油脂商或小商贩,现在暂时参了军,他们之所以成了军官,有的是因为有钱,有的是因为胡子长。他们上下穿的都是法兰绒制服,全身武装,高谈阔论,经常讨论作战计划,他们也惧怕自己的部下,这些人都是十恶不赦的坏蛋,经常出去抢劫和胡作非为。

大家都在传言,普鲁士军队就要开进卢旺城了。

两个月来,国民自卫队十分小心地在附近的树林里进行侦察,即使一只小兔子突然跳出来,他们也立刻作好战斗准备。现在他们都解甲归田,武器、军服,以及他们当初放置的路障和防护网都消失了。

最后的那些法国士兵终于渡过了塞纳河,准备从圣赛威尔和阿沙镇转道去奥特玛桥。走在最后的是败军将领,他已经失去了信心,带着这些残兵败将,一点儿战斗力都没有。素有能征善战之称的民族竟遭遇了这样的惨败,骁勇善战的民族竟败得不可收拾,将军身处其中也不知所措,由两个副官保护着徒步前行。

市区里一片沉寂,被一片无声而可怕的等待笼罩着。许多做生意做得头脑发昏的小市民,焦虑不安地等待着战胜者,唯恐敌人把他们家的肉叉子和各种大餐刀也当做武器来对待。

生活好像是停滞了,店铺都关闭了,偶尔有一两个居民被街上鸦雀无声的沉寂吓到,快速地从墙边溜过。

在这种焦躁不安的等待中,人们希望哪怕是敌人到来也好。

法国军队撤走的第二天下午,几个不知从什么地方来的普鲁士骑兵急匆匆地穿城而过。随后不久,从圣卡特琳的山坡上就来了黑压压一大片人,与此同时,在通往布瓦纪尧姆和达纳塔尔的两条公路上来了两队侵略军。这三支队伍的前卫队正好同时到达市政府广场,附近其他的道路也出现了德国兵,他们迈着整齐的步伐走在街道上,发出"咚咚"的声响。

沿着那些无人居住、一片寂静的房子,传来了阵阵陌生的、沉重的口令声。同时,在关着的百叶窗后面,一双双眼睛在窥视着这些胜利者。根据战争条款,他们现在是这个城市的主人,主宰着这里的生命和财产。躲在阴暗房间里的居民都留在屋子里,很是害怕,好像是碰到了毁灭性的大地震和洪水泛滥,不管你多么强壮、多么聪明,都不能为力了。因为,每逢事物的旧秩序受到摧毁,安全不复存在,人为的法律或自然法则所维护的一切事物都受到一种野蛮的暴力摆布时,人们就不免要产生这样的感觉。地震把整个民族埋在倒塌的房屋下;江河泛滥之后,死牛、淹死的乡民和房上倒下来的梁柱就一起顺流而下;只要打胜仗的军队到了,便要屠杀自卫的人,关押被俘虏的人,用腰刀的名义抢夺,用炮声来向某一个神灵表示谢意。以上这些都是极可怕的灾难,使我们无法再相信上天的公道正义,无法再信赖上苍的庇佑和人类的理性。

一支支的小分队去各家各户敲门,然后就住进去了。这就是侵略行为。战败国的人民的义务从此开始了。

过了一阵,最初的畏惧心理消失了,一种新的安静出现了。在好多的家庭里,都出现了和普鲁士军官同桌就餐的情景。有的军官也表现得很有教养,出于礼貌,他们同情法国,并且表示对战争十分厌恶。人们很感激他们有这种同情心,因为不知什么时候还需要他们的保护。把他们侍奉好了,也许可以少供养几个士兵。既然一切都任这些人摆布,那么为什么不听话呢?冒犯他们只是鲁莽而非勇敢,现在已经不是为保卫自己的城市而英勇抗击的时代了。终于有人这样认为,崇高的理性是从法国人的文雅演绎而来的,他们完全可以用内心来表现出礼貌。只要不在公共场所对外国兵亲近,在自己家里怎么亲近都是允许的。因此到了外面他们就像不认识一样,可是到了家里,却很高兴地说说笑笑,而住在家里的德国军官呢,每晚坐在炉旁取暖的时间就更长了。

连城市本身也逐渐恢复了平时的样子。法国人仍很少出门,普鲁士士兵早已塞满了街道。此外,德国骑兵军官虽然傲气地拿着军刀走来走去,可是一年前那些法国步兵军官对待人民的那种傲慢态度,也不比他们好。

不过在空气中多了一种东西,一种捉摸不透的令人无法忍受的气氛,仿佛有某种气味散布开来了,那就是侵略的气味。这种气味充满了整个广场,改变了饮食的味道,使人有种在野蛮的部落里做客的感觉。

战胜者总是要钱,越要越多,居民们只好给他们。不过一个大商人,钱挣得越多,当他忍受欺辱,眼看着自己的钱到了他人手里时,心里就越痛苦。

在城外,到了普沙尔附近,船夫们经常捞上德国人的尸体。这些尸体都穿着军服,有被杀死的,有被踢死的,还有被石头砸死的,还有从桥上被人推下水的。这条河底的脏乱的烂泥中,曾经有不少野蛮而合法的复仇行为,那是不为人知的英勇举动,但却得不到光荣的盛名。

要知道,国仇家恨永远激励着几个勇士,他们随时可以为国家的利益牺牲自己。

后来,侵略者虽然把全城都踩在他们的铁蹄下,但是大家传说的他们在战场上干出的恶事,他们在这里却从没有干过。于是大家的胆子渐渐大了起来,做

买卖的商人们又蠢蠢欲动起来。那时法国军队还据守着勒阿弗尔港，有几个当地大商人在那里有大额投资，他们很想到那里去看一看。

他们买通了几个德国军官，居然从司令部那里弄来了一张特别通行证。

有十个人又订了马车，打算坐马车走。他们决定星期二一早就走，以免夜长梦多。

这几天天气变冷，地面冻得很硬。到了星期一下午三点钟的时候，天空乌云密布，雪纷纷落了下来，整整下了一个下午和一个晚上。

凌晨四点半，他们已经聚集在旅店里，准备起程。

他们有的还没睡醒，虽然穿得很厚，可还是冻得发抖。在黑暗之中，只能依稀辨认出来。这些人身上都穿了几层厚厚的冬衣，看上去好像是一群穿着教士长袍的胖神甫。不过其中有两个人终于互相认出来了，紧跟着又一个人走了过来，他们谈论起来。一个说："我把我妻子也带来了。"另一个说："彼此彼此。"还有一个说："我也如此。"第一个又说："我们不想再回来了，如果敌人到勒阿弗尔，那我们就去英国。"他们的打算都一样，这与他们的身份有关。

可是过了很久还没有人出来套马车，只有一个马夫不时地提一盏小灯来回出入。可以听见马蹄声，声音很小，在马房的尽头有个人在骂骂咧咧地与马说话。有人在套马车，发出一阵轻微的铃声，随即又变成了一阵清脆的铃声，很显然这是随着马的动作而变化的，忽然毫无声息，忽然又响起来，同时传来了马蹄声。

接着什么声音也没有了，突然门又关上了，这些绅士们不再说什么了，一动不动地待在那里。

大雪漫天飞舞，大地一片银装素裹。所有事物都覆上了一层薄冰。严冬笼罩下的城市显得格外安静、沉寂，只有雪花下降时那种无以名状的、模糊的、捉摸不透的窸窣声，但这种窸窣之声也不能真正算做一种声响，只是我们这样认为而已，这不过是一种轻微的感觉，它充满了整个空间，装扮了整个世界。

刚才那人又出现了，他一手提灯，一手拉了一匹毫无精神的马出来。他一直把马拉到车辕旁，系上了缰绳，前后检查了半天，把马具收拾妥当。当他正要去拉第二匹马时，他注意到这里有几位旅客一动不动，他们全身是雪，成了雪人，

他对他们说："你们为什么不在车里待着，至少你们身上不会落上雪了。"

他们确实没想到这一点，经他提醒后，就匆忙地奔过去了。三位男士先把自己的太太安置在车厢里头，然后自己才上去。紧跟着又爬上去几个人，话也没说一句。

为了防止冻脚，他们都把脚伸进了车底板上的稻草里。坐在车厢里面的那几位太太都随手带着小铜脚炉，一进来就把炭点燃起来，并且低声说着这种脚炉的好处，说了好一会儿，她们彼此都重复着对方已经知道的事情。

最后马车总算套好了，本应该套四匹马，但现在因为路难走就套了六匹。这时车外有人喊："大家都上车了吗？"车里面的人回答："都上来了。"于是车子出发了。

车子缓缓前行。车轮陷在雪里，车身咯吱咯吱地响着。那六匹马一步一滑，呼呼喘着气，全身累得热汗直流。车夫的那条大鞭挥舞得四处纷飞，不停地啪啪响着，活像一条长蛇，有时鞭子猛地打在马屁股上，那匹马猛一用力，屁股都拱了起来。

谁也没有发现，天空已渐渐泛白。轻飘飘的鹅毛大雪——旅客们把它比做从天而降的棉花——也不下了。野地里出现一行蒙着白雪的大树，然后出现一所顶着雪的茅屋。天上的乌云使得大地更加苍茫。

车厢里，借着黎明微弱的光线，人们互相打量对方。

车厢最里面的是葡萄酒批发商鸟先生夫妇，他们在打瞌睡。鸟先生以前曾经给人当伙计，老板破了产，他就把那铺子接管了过来，发了财。他做的买卖是低价买进坏酒，再批发给小贩，因此熟识他的人都知道他是个奸商，是个真正狡猾的诺曼底人。

他臭名昭著，因此本地的名士杜尔奈先生，一位文笔尖刻的讽刺作家，在一个晚会上，见女人们无精打采，就出了个鬼主意，说要玩鸟飞（在法语中"偷窃"和"飞翔"是一个词），这个双关语马上就传遍了全省，所有的人都捧腹大笑。

鸟先生出名还有另外一个原因，那就是他爱搞恶作剧，不管是恶毒的还是无伤大雅的玩笑，在他看来都没什么关系，所以无论是谁，一谈到他，都会这样

说:"这只鸟,真是个活宝。"

他身材很矮,挺着圆鼓鼓的肚子,长着一张红彤彤的脸,灰白色的胡须。

他妻子很强壮,说话总是大嗓门,很有主见。她在铺子里是秩序和计算的象征,店里因为有了她进进出出,才显得特别有生气。

坐在他旁边的是比他们身份更高的卡雷·拉玛东先生,他是一个了不起的人物,在棉纺业里举足轻重,开着几家纺织厂,得过勋章,而且还是议员。在整个帝国时期,他一直是友好的反对派的代表人物,他之所以当这反对派的首领,唯一的目的就是能够先发制人,按他自己的说法是,用钝头儿武器先攻击对方,然后再和他交好,这样就可以得到更多的利益。卡雷太太比他要年轻,一些军官经常来找她。她此时面对丈夫坐着,缩在皮大衣里,沮丧地看着这里的一切。

坐在她旁边的是德·布雷维尔伯爵夫妇,他们的家族是诺曼底最古老的家族之一。伯爵本人是一位很气派的老绅士,他费尽心机在服装上修饰摆布,好表现出他和国王亨利四世天生的相似之处。按照当地的传说,亨利四世曾经与布雷维尔家中的一个女子有染,并且使她怀孕,她的丈夫因此加官晋爵当上了省长。

布雷维尔伯爵和卡雷·拉玛东先生一样,也是省议会的议员。他是代表奥尔良派的。至于他为什么和一个小船主的女儿结婚,一直是个谜。不过伯爵夫人雍容华贵,处理事务时比谁都能干,据说路易·菲利普的一个王子曾经爱慕过她,整个贵族阶级都对她另眼看待。她的客厅在本地是最豪华的一个,保持着一种怀旧感,能够成为她的客人十分不易。

德·布雷维尔家里的产业每年可以收入50万法郎。

这六个人算得上是最有身份的人了,是社会上有钱有势的代表,然而他们也是顽固的保守派。

巧的是这三位太太同坐在一起。伯爵夫人的旁边还坐着两位修女,她们在不停地祷告着。其中一个年老的,满脸都是麻子,好像就近中了几发霰弹似的。另一个身子很娇弱,有着略带病态的脸,胸部也是又瘪又小,一定是因为她把全部身心都奉献给了教会。

修女的对面坐着一男一女，大家都注意到了他们。

男的叫做高尼德，他是那些有身份地位人的克星。二十年来，他那一把有个性的胡子在一切有民主风味的咖啡馆的啤酒杯里都拂过。他的父亲曾经是个糖果商，给他留下了一笔丰厚的遗产，但他和一伙人却把它败了个精光。现在他焦急地等待共和国的诞生，以便得到为此奋斗多年而应得的地位。9月4日那天，他以为他会被任命为省长，可是等他上班时，办公室的杂役们——也是那里唯一的主人，却拒绝承认他这个资格，他只好又回来了。好在他人缘很好，平常与人相处融洽，因此他又鼓起无比的热情，从事本地的军事防卫工作。他叫人在空地上挖了许多坑，把附近树林中的小树砍倒，在公路上密密麻麻地设下许多陷阱。他对自己的工作很满意，所以等敌人快到的时候，他就迅速地撤回城里。他认为自己更应该到勒阿弗尔去，因为那里更需要他。

那个女人是个妓女。因为身体过早发胖，人们给她起了个外号，叫"羊脂球"。她身材矮小，浑身到处是圆圆的，肥得都快滴出油来了，十个手指头也都是圆圆的，只有骨节凹进去的部分好像箍着一个圈圈，颇像是穿成了串的香肠；她的皮肤有种淡淡的幽光，极丰满的胸脯高耸着。不过尽管这样，大家对她却都垂涎三尺，因为她的气色实在叫人看了喜欢。她的脸庞真是太迷人了，在这张脸蛋儿的上部睁着两只漂亮的大眼睛，四周遮着一圈又长又黑的睫毛，下面是一张樱桃小嘴，嘴唇是那么性感，让人想去亲吻，张开嘴，便看见两排细密的白牙。

据说，她有很多无人知晓的本领。

当人们认出她时，议论便随之而来，什么"社会耻辱"啦、"婊子"啦等等，尽管声音很低，却是那么刺耳，她不禁抬起头来。她回过头看了看他们，眼光中有种挑战的意味，大家都不做声了，只有鸟先生还颇为轻佻地看着她。

然而没过多久，那几位太太便又开始交谈了，很快她们彼此成了好朋友，几乎无话不谈。从她们的角度来看，似乎在这个不知羞耻的卖淫女人面前，她们应该将她们为人妻的尊严拧成一股劲儿，因为不合法的自由爱情往往会被合法的爱情看不起。

那些保守派的男人彼此靠拢，谈论着金钱。布雷维尔伯爵讲的是普鲁士军队给他带来的伤害和将来牲畜被抢走、庄稼不能收获等等有可能造成的损失，此时他显露出家财万贯的封建地主无所谓的表情，似乎这种损失只不过给他带来短时间的不方便而已。卡雷·拉玛东先生在棉纺业方面受到过很大的损失，因此他早已往英国汇了60万法郎以备不时之需。鸟先生则早把地窖中的葡萄酒卖给了法国后勤部，这样一来政府就欠他一笔巨款。

这三位互相炫耀着。尽管他们彼此的社会地位不一样，但是由于金钱的牵引，他们感到彼此都是弟兄，都是阔佬会成员。

车子走得不是很快，到了上午十点，他们走了不到四法里。男人们曾经三次下车，徒步爬上山坡。每个人都很着急，因为原定是在多特吃午饭，目前看来天黑以前赶到那里不太可能了。每个人都很期待在大路边上发现一个小酒馆。可就在此时，驿车陷入了大雪堆中，很久才把它弄出来。

大家都饿坏了，可是看不见一个小饭馆，看不见一个卖酒的小店，因为普鲁士军队越来越近，饿着肚子的法国队伍不断经过，所有的生意人都吓跑了。

车中的男人们全都跑到路边的村庄里去找吃的东西，然而一无所获。那些吃尽苦头的老百姓早把存储的物品藏了起来，因为那些饥饿的士兵们见什么拿什么，毫不客气。

下午一点钟左右，鸟先生当众表示，的的确确感觉到胃里空得发慌。事实上大家也都跟他一样，早就难受得要命了。由于太饿，大家已无力说话。

常常是有人打哈欠，接着就有另一个人跟着打，并且每个人轮流着都打了起来，依照各人的性情、礼仪，以及社会地位，各有各的打法，各种各样，五花八门。

羊脂球好几次弯下腰去，好像在裙子底下找什么似的，并且每次她都犹豫一下，瞧一瞧旁边那些人，之后又装作没事的样子直起腰来。那些人的脸全是苍白的，皱紧的。鸟先生表示他愿意出一千法郎买一只肘子。他的妻子却动了一下，似乎表示反对，然而立刻就安静下来。她听说浪费金钱，心中总要难过，所以对于这种开玩笑的话，也会认为是真的。伯爵说："说真的，我也觉得很难受，我怎么会没想到带点儿吃的来呢？"众人都埋怨自己为什么没带吃的。

大家拒绝了高尼德的酒，只有鸟先生稍微喝了一点点。他退还酒壶的时候还道谢说："真是不错，也暖和了，也忘了饿了。"酒一下肚，他兴奋了，他建议照

着歌谣里唱的小船上那样，吃那个最胖的旅客。这是暗指羊脂球，那几位有教养的人听了感到刺耳，无人回答他，只有高尼德微微地笑了一笑。修女在痛苦地忍受着饥饿，把自己的虔诚，作为对上帝的献礼。

三点钟的时候，大家来到了一片一望无际的平原，眼前连一个小村落都找不到。羊脂球一弯腰，把长凳底下一个蒙着一块白色饭巾的大篮子抽了出来。

从篮子里，羊脂球拿出了吃东西用的杯碟和食物等。大家看见篮子中还有不少好东西，如肉酱啊、水果啊、糖果啊等等，即便路上没有饭馆，这些东西也足够它的主人吃三天了，那些食品包儿的中间露出了四个酒瓶的瓶颈。她吃起了鸡翅和面包。

众人的眼睛都看着她。随后，随着香味的扩散，大家的鼻子全都张开了，口水直流，就连耳朵下面的那块颌骨也绷得发痛。现在那几位太太对这个妓女的咒骂更厉害了，她们对她的恨达到了极点。

然而鸟先生的眼睛直勾勾地看着那罐鸡。他说："真是好极了。这位太太要比我们想得更加周到。总是有人想得周全。"她于是抬起头看着他说："您吃一点儿吗，先生？从早上一直饿到现在可真难受啊。"他点点头，"说实话，我还真得接受，我实在支持不住了。到哪一步就得说哪一步，您认为呢，太太？"他朝周围瞟一眼，又接着说道，"碰到像现在这种时候，能够遇见好心肠帮忙的人，可真叫人高兴呀！"他身边有一张报纸，他将它摊开，免得弄脏裤子，接着从袋里掏出他永远掖着的一把小刀，用刀尖挑起一个裹满了冻儿的鸡腿，用牙将它撕碎，细嚼起来。车中其他人只能失望地长叹。

羊脂球邀请修女吃这顿便餐。这两位马上就答应了，眼皮也没抬，嘟囔了几句感谢的话之后，就迅速地吃起来。而高尼德也没有拒绝羊脂球的邀请，他和修女凑在一起，各自把报纸摊在膝上，就拼成了一张饭桌。

大家不停地吃着。鸟先生在自己的角落里吃得非常起劲儿，并且低声劝他的妻子也学他那样做。她磨蹭了老半天，最后五脏六腑全都抽筋似的痛起来，她实在无法坚持了。她的丈夫进而使用非常委婉的语言询问同路的"可爱的旅伴"，是否同意他拿一小块鸡给太太吃。羊脂球说道："可以，当然可以，先生。"她极友好地将罐子递了过去。

接着是如何分红葡萄酒。因为只有一个杯子，众人只好把杯子揩抹一下彼此传递着喝。高尼德故意向羊脂球献媚，把自己的嘴唇放在他的女邻座嘴唇沾过还没干的地方。

食物的香气使德·布雷维尔伯爵夫妇和卡雷·拉玛东夫妇受到了坦塔罗斯的苦难（指饥饿的折磨）。突然，那个棉纺厂厂主的年轻太太深深地叹了一口气，大家都转过脸来，她的脸色和车外的雪一样白，眼皮一合，头一低，晕过去了。她的丈夫被吓坏了，请求大家帮忙。大家不知怎么办才好，这时候，那个年老的修女扶起了病人的脑袋，把羊脂球的酒杯轻轻放在她的唇边，喂了她几滴葡萄酒。那位美丽的太太这才一动，睁开了眼，脸上显出了一丝无奈，筋疲力尽地说她现在感到很舒服了。两位修女逼她又喝了一大杯酒。

羊脂球很为难，然后说道："天啊，不知我是否能请这两位先生和两位太太也……"她不敢继续往下说，害怕惹出一场无趣，白受耻辱。鸟先生说话了："唉！在这种时候，大家都是兄弟，应该互相帮助。来吧，太太们，不要客气，无论如何不要拒绝！我们能不能找到一个地方住一晚上，都还不能确定呢。以这样的速度，明天正午以前绝对到不了多特。"他们还在犹豫，谁也不敢出头承担接受这番好意的责任。

后来还是伯爵解决了问题。他转过脸来对着那个不知如何是好的胖姑娘，摆出了一副老绅士盛气凌人的架子说道："好，我们领情了，夫人。"迈出第一步是非常不容易的。第一道关口一过，大家就一点儿也不客气了。一篮子东西被他们吃了个精光。

吃了人家的东西，就不能不同人家说话了，于是就聊起天来，一开始大家都很不好意思，然而她说话很知道分寸，大家也就不再拘束了。德·布雷维尔太太和卡雷·拉玛东太太彼此都是熟悉交际礼仪的人，知道如何对她表示和气而又不失身份。尤其是伯爵夫人，她显出最高贵的夫人不怕接触污秽的那种屈尊俯就的和蔼态度来，她对羊脂球显得十分和气。鸟太太话说得少，东西却吃得多，然而态度还是很冷漠。

大家谈起了战争。他们谈了许多普鲁士士兵的残暴行为和法国人民的英雄事迹。这些人自己在逃跑，却衷心钦佩着其他人的勇敢。很快，每人都讲了自己

的经历，羊脂球把她怎样离开鲁昂的情况讲给他们听，她的愤慨是真实的，言语也非常激烈，妓女们发泄真实的愤怒时常常是这样激烈的。她说："我原以为我能够留下不走。我家里存着大量食品，供给几个士兵吃喝总比背井离乡乱跑乱奔好些。然而等到我真见着了他们，这些普鲁士士兵，我就无法控制住自己了。他们把我的肺都快气炸了。我羞愧得哭了整整一天。假如我是个男子的话，那当然就好办了！我从我的窗口看着他们，这些戴着尖顶钢盔的大肥猪，我真想把我屋中的家具扔下去砸他们，但是我的女仆却紧紧握着我的手，不让我动手。后来他们要住到我的家中来了。我扑向第一个迈进我家大门的人，掐住了他的脖子。掐死他们这些人很容易。如果不是他们拉住我的头发，这个家伙必定会叫我给掐死的。我只好藏起来，借机离开。"

于是大家都夸奖她。她的这些旅伴并没有表现得如她这么果敢大胆，在他们的眼中，她逐渐变得高大起来了。高尼德始终是带着微笑听她讲，他的微笑使他脸上带着赞许和善意。就像一位神甫听到了一个虔诚的教徒颂扬上帝，其表情也不过如此，毕竟爱国是这些留着长胡子的民主党人的独有产品，正像宗教是那些穿长袍的教士们的专卖品一样。最后他说了话，口气是说教者的口气，并且用了一大堆从每天张贴在墙壁上的宣言中学来的词句。最后，他还用演说词痛骂了"无赖巴丹盖"（拿破仑三世的绰号）。

羊脂球气得结巴了，因为她是拿破仑的拥护者，她说："你们这些人，你们坐到他的位子上去试试看。那可就不知是什么结果了！这个人是被你们给出卖的！如果是你们这些家伙上台治理法国，那我就只好远远地离开法国了。"高尼德非常镇静，脸上还保留着一点儿轻蔑的、自以为比别人强的微笑，然而大家却感到快要听见他骂人的粗话了。这时伯爵挺身而出，以权威者的口气宣称，一切真诚的意见都应该受到尊重，这才将这个愤愤不平的姑娘的气平息下去。然而伯爵夫人与那位棉纺厂厂主的太太在心里还抱着一切有身份的人对共和国所抱的难以名状的憎恨，以及对所有讲究排场的专制政府生来就有的喜欢，因此不知不觉地感到这个妓女有很多可爱之处：她是那么庄严自重，令人钦敬。

十个人风卷残云一般吃光了那个篮子中的食物，大家还意犹未尽，嫌吃得不够饱。吃完之后，大家交谈的气氛略冷淡了一些，但仍延续了一段时间。

夜色深了，一个正处于食物消化过程中的人，对寒冷的空气非常敏感，羊脂球虽然身体肥胖，但也还是不停地发抖。德·布雷维尔太太乐意将脚炉借她烤一下，脚炉中的炭从早上起便不停地更换着，羊脂球马上接了过去，因为她感到她的脚已快冻僵了。卡雷·拉玛东太太与鸟太太将自己的脚炉递给那两位修女。

车夫把车灯点上了，明亮的灯光照出辕马汗水直流的屁股上的一片热气，同时也照出大路两边的雪，在灯光照射之下滚滚向后飞驰。车厢里伸手不见五指，但是羊脂球和高尼德之间突然有了一些动静。鸟先生的两眼在黑暗里搜索，他似乎发现那位满脸大胡子的人赶紧往旁边一闪，仿佛挨了悄无声息打过来的很结实的一拳。

星星点点的小火光出现在大路前方，多特到了。走了整整十二个小时，加上中途两小时的休息时间和四次停下来喂马的时间，一共是十四小时。马车进入了街市，停在商务旅馆的前面。车门开了，一种熟悉的声音使所有旅客都禁不住吃了一惊——他们听到了腰刀皮鞘触到地面的响声。然后是一个德国人在大声呼叫。

尽管车已停下不走了，但因为这突然的变故，没有人敢贸然下车。这时车夫出现了，手里提了一盏车灯，光线一直射到车厢尽头，那些惶惶不安的面孔都被照到了，全都张着嘴，睁着惊恐的眼睛。在车夫身边的灯光中立着一位德国军官，他是一个身材挺拔的青年，有些瘦削，金黄色头发，他的上身被紧裹在军服里面，仿佛紧身内衣里裹着妙龄女子一般；平顶遮檐的漆布军帽斜戴在他头顶上，这使他很像英国旅馆里的侍应；他留着两撇长胡子，一根根胡子又直又长地伸向两侧，越来越稀，稀到最后仅剩了一根金黄色的细丝，长得难以看到尽头。这两撇胡子分量显得很重，垂在嘴角，把脸蛋坠得朝下耷拉着，嘴唇就成为两头冲下的一弯弧线。

他以带有阿尔萨斯口音的法国话请旅客下车，语气很不礼貌："先生和代代(太太)们，里(你)们还扑(不)下车吗？"两位修女首先下来，她们是惯于依从所有指示的圣洁女子，因此特别听话。伯爵和伯爵夫人也下了车，后面跟着的是棉纺厂厂主及其妻子，然后就是鸟先生和被他从后面推着的他的大个子老婆。他

脚刚沾地就对那军官说了句问候话。与其说是表示礼貌,倒不如说是出于谨慎。有权势的人总是傲慢无礼的,对方也是如此,瞅了他一眼并不回答。

高尼德和羊脂球虽然坐在车门旁,却最后下来。大敌当前时,他们显示出端庄高傲的气概。那位胖姑娘努力克制着自己,使自己保持冷静;那位民主党人不停地捻着自己的宝贝胡子,手有点儿颤抖,似乎带着悲剧的色彩。他们两人的目的是要保持自己的尊严,他们知道在这样的场合下,每个人都或多或少代表了自己的祖国,看见旅伴们那种恭顺的表情,他们内心产生同样的反感。她呢,努力要比那些同行的正经妇人显得更有尊严;他呢,觉得自己应该树立楷模,于是在整个过程中都表现出坚决的态度,就像他当初在大路上挖洞刨沟一样。

他们进了旅馆,德国军官验证了他们的离境准许证。每人的姓名、相貌、职业,证件上都写得清清楚楚,那个德国人一边看证件,一边看本人,将这批人仔细打量了很长一段时间。接着他突然说道:"行了。"而后转身离去。

大家这才舒了口气,因为饿得很厉害,赶忙叫旅馆准备晚餐。准备晚餐至少得花上半个小时,于是,在那两个女侍者忙碌的时候,他们就各自去看了一下住所。他们的卧室都集中在一起,走廊的尽头有一扇门,标着"一百号"的字样。

吃饭的时候,旅馆的老板来了。他从前是马贩子,后来改行做这个了。他是个有哮喘病的大胖子,喉咙里好像有痰似的发着嘶嘶声。他问道:

"哪位是伊丽莎白·鲁塞小姐?"

羊脂球吓了一跳,转身答道:

"我就是。"

"小姐,长官要见您。"

"见我?"

"是的,就是您。"

她先是犹豫了半天,随后断然地回答:

"也许吧,可我不会去的。"

周围开始骚动起来。大家议论纷纷,讨论下达这条命令的原因。伯爵走了

过来：

"您不能这样做，夫人。因为您如果这样做，可能会引起很大的祸事，不但你完蛋了，我们也会跟着遭殃。遇到比你更厉害的人时只有顺从。他叫你不会有什么事的，一定是有什么事忘办了。"

大家也都跟着劝说，因为他们都很自私，大家都害怕她这种行为会引来灾难。最后她被说服了，她说：

"好，可以，可是我这是为了大家啊。"

伯爵夫人上前紧紧握住她的手：

"我们不会忘记你的。"

她走了出去。大家都在等着她，没有吃晚餐。每人心里都有点儿不是滋味，在想为什么请她不请自己，大家都暗暗准备了一些话语，以便请自己的时候不至于手足无策。

可是过了一会儿，她气呼呼地回来了，嘴里不停地嘟囔："噢，这个浑蛋！这个浑蛋！"

大家都急于要知道这是怎么回事，可是她被气得说不出话了。伯爵再三追问，她严肃地回答："不，这不关你们的事，我不能说。"

大家围在桌子边准备吃饭。尽管经历了这场惊慌，但这顿饭还是吃得很愉快。鸟先生夫妇和两位修女为了省钱都喝苹果酒，其他的人都要了葡萄酒。高尼德要了啤酒，他喝啤酒也有自己的独到之处。喝的时候，他那把黄色的大胡子仿佛也会激动得颤动起来；他的一双眼睛紧紧注视着啤酒杯，一刻也不肯放松；他生在世上唯一的任务就是如此，而他现在正在尽这份职责。总而言之，他认为啤酒和革命是他的两大爱好，已经融为了一体，他在想这个的同时也会想到那个。

弗朗维夫妇俩在另一边吃饭。他像一个破旧的火车头那样急促地喘息着，胸膛不停地起伏，是无法边吃边说的。可是他的妻子却说个没完没了。先讲普鲁士人一到本地时，她对他们的印象，随后讲他们是什么样的人，她之所以恨他们，首先是因为他们害得她花了不少钱，其次是因为她也有两个孩子参了军。她喜欢和伯爵夫人聊天，跟一位有身份的贵妇人说话，她感到非常荣幸。

随后她将嗓音放低，谈起一些不能够随便说的事，而她的丈夫却不断地阻

拦她："弗朗维太太,你最好还是少说话。"不过她一点儿也不在乎,依然接着说:
"是的,这些家伙就会吃土豆和猪肉。可不要以为他们多么纯洁干净,他们才不干
净呢。请原谅我的冒昧,他们几乎是到处拉屎撒尿。多亏您没看见过他们上操,
一上操就是整整几小时甚至几天,全部都待在大空地里,总是向前走,向后走,
向这边转,向那边转。还不如去种地,或者回到家乡去修路呢! 不,太太,这些军
人,任何人也得不到他们的好处! 劳苦的老百姓养着他们,就是为了叫他们可以
什么都不学,光学会大批杀人! 不错,我虽然是个没受过教育的老婆子,然而看
见他们从早到晚总是踏来踏去,一个个都累得半死,我心里就会这样想了:有些
人发明东西,为的是于人有益;另一些人呢,受尽苦累却只是为了损害别人,这
难道是应该的吗? 杀人应该是丑恶可憎的事,不论杀的是普鲁士人、英国人、波
兰人,还是法国人。别人损害了你,你就会报复,这当然是不对的,因此你要受刑
事处分;不过拿着枪大批屠杀我们的小伙子,跟禽兽似的那么杀,那就对了吗?
如果说不对,那么为什么还要把勋章奖给杀人最多的人呢? 我简直弄不明白这
是怎么回事。"

高尼德提高嗓门说话了:

"假如是攻击一个与世无争的邻国,那么战争是野蛮行为;假如是保卫自己
的祖国,那将是一种伟大神圣的职责。"

那个老太太低下了头,然后说:

"是的,如果是为了自卫,那是另一回事;不过那些专为满足个人私欲而打
仗的帝王,应该把他们全部杀干净。"

高尼德的眼里闪烁着火光,他说:

"说得不错,女公民!"

卡雷·拉玛东先生不由得沉思起来。尽管他一向狂热地崇拜那些有名的将
领,可是这个乡下女人的见解却使他想到这样一件事,那就是这么多的人手浪
费不用,任他们坐耗国家钱财,如果把这些劳动力组织起来,放到大型工业中
去,那将会给国家带来多么巨大的财富啊。

此时,鸟先生正和旅店老板谈话。那个胖子听了对方打诨逗趣的话,大肚子
快活得一起一伏不住地跳动。最后他向鸟先生订购了六桶红葡萄酒,待春天普

鲁士人走了再给他送来。

晚饭后大家马上去就寝了。

鸟先生发现了"走廊上的秘密"。

羊脂球走向走廊尽头那个大号码的房间。不远处却有一扇门推开了一条缝。没过几分钟,羊脂球回来了,高尼德跟在她后面,上身只穿着衬衫。他们说话声音特别低,慢慢停下不走了,羊脂球似乎是在坚决阻拦他进她的屋子。可惜鸟先生听不见他们说些什么,不过,到最后他们的声音高了起来,他总算听到了几句。高尼德不停地央求:

"看,您真够傻的,对您来说,这又算得了什么?"

她好像是生气了,回答:

"不可以,我说亲爱的,有些时候,这种事是做不得的。换言之,在这里,简直是件可耻的事。"

他或许是一点儿也不明白其中的道理,还在问什么原因。她于是恼羞成怒,嗓门也跟着提高了。

"什么缘故?您不知道是什么缘故吗?普鲁士人不就在这所房子里吗?或许就在那边的屋子里呢。"

他不说话了,敌人在这里,这个女人便不像以前那样了,这种爱国主义的境界唤醒了他那疲惫不堪的自尊心。他觉得自己在她面前很渺小。

鸟先生心里像火烧一般,他在屋里来回踱着步,掀起他妻子的被子,吻了她一下,低声说道:"亲爱的,你爱我吗?"

整个房子里一点儿声音都没有。但是过了一会儿,不知从什么地方,也说不清是什么地方,也许是从阁楼里,也许是从地窖里,传来一种有规律的、单调的、有力的鼾声,好像喘不过气来,很明显他已睡熟了。

八点钟的时候,大家都到齐了,可是那辆车子却孤独地停在院子中央,既没有马也没有车夫,篷顶上落了一层雪。车房里、草料房里、马房里都找遍了,却不见车夫的踪影。于是男乘客们被派到镇上去搜寻这个人,他们一齐出去了。他们来到了广场上,广场正对着一座教堂,两旁都是低矮的房子,里面住的全是普鲁士士兵。他们看见一个士兵在削土豆皮,再往前走,又看见一个士兵在理发店扫

地，还有一个满脸胡子的士兵正在逗哭闹的小孩。男人们到军队打仗去了，那些肥胖的乡下女人正打着手势指点那些大兵去做一些助人为乐的事。

伯爵大吃一惊，他问了一个从教堂里出来的人。那人是虔诚的信徒，回答说："这些人绝对不是坏人，他们并不是普鲁士人。他们来自很远的一个地方，我也记不清是哪儿了，他们妻离子散，战争对他们来说实在太残酷了。我敢肯定，那里的人也在伤心地怀念亲人。将来他们也跟咱们一样，也会穷得无路可走。这里目前还不算太坏，因为他们并不为非作歹，他们和在家里一样。看见没有，穷人们就是应该互相帮助的，而真正打仗的是那些大人物。"

高尼德看见战争中敌我双方居然能达成和解，感到很不愉快，马上走开了，他宁愿一个人待着。鸟先生开玩笑说："他们正在补充人口。"卡雷·拉玛东先生跟着说了一句话，倒还庄严："他们正在赔偿损失。"最后他们终于在咖啡馆中找到了车夫。

伯爵生硬地问他：

"难道没人告诉你八点钟套车吗？"

"告诉过，可是我又接到了另一个命令。"

"什么命令？"

"让我不要套车。"

"谁说的？"

"那还用问，当然是当地司令官了。"

"他为什么这样做？"

"那我怎么知道，你们还是去问他吧。他不让我套车，我有什么办法。全部经过就是这样。"

"是他亲口告诉你的吗？"

"不，先生，是旅店老板替他传的话。"

"什么时候？"

"昨天晚上，我正要睡觉的时候。"

三个男人心里有些慌，回到了旅馆。

他们找弗朗维先生，可是女仆说他有哮喘病，每天十点钟以前是不起床的，

他早就交代过了,不准叫醒他,除非发生火灾。

他们想见到军官,那是绝不可能的。尽管他就在这儿,他却只允许弗朗维先生一个人来见他。那就只好等着吧。女人们都各自回到房间做一些琐碎的事情。

高尼德在壁炉边坐下来,觉得很暖和。他叫人替他搬张桌子并拿瓶啤酒,然后叼着烟斗抽烟。他那支烟斗在民主党人中间和他本人一样受人敬重,好像它服务人就和服务国家一样。那是一支美丽的海泡石烟斗,积了很厚的烟垢,和主人的牙齿一般黑,可是烟斗亮光光的、弯弯的、香喷喷的,和主人的手已经合二为一了,有了这个烟斗在手,才能显出主人的派头。高尼德坐在那里纹丝不动,两只眼睛不停地扫来扫去,他每喝一小口酒,都神清气爽地捋一下头发。

鸟先生借口出去,却跑到酒馆销售他的葡萄酒。伯爵和棉纺厂厂长聊着政治,他们为国家的前途担忧。伯爵把希望寄托在奥尔良党人身上,希望那里出一个英雄。也许会出一个女英雄吧?或是一代明君呢?如果皇太子已经长大了,那该多好啊!高尼德在一旁听着,脸上挂着稳操胜券的微笑,烟斗散发出的烟雾充满了整个房间。

十点钟时弗朗维来了。大家马上向他询问,但是他只能照搬长官的原话,长官是这样说的:"你必须告诉车夫,明天不用套车了,没有我的命令,谁也不能走,明白吗?好了,就这些。"

他们集体要求见长官。伯爵掏出了名片,卡雷·拉玛东先生还在那张名片上加上了姓名和头衔。普鲁士军官派人告诉他们,说等他吃完饭后,可以接见这两个人。

太太们虽然都很害怕,可还是下楼吃了些东西。羊脂球却显得手足无措。

刚吃过饭,勤务兵就来了。

鸟先生跟着他们去了。他们也想把高尼德叫去,以便使他们的活动更有感召力,可是他高傲地声称,他决定以后再也不和德国人打交道了。

他们仨被带到了旅馆最漂亮的房间里。司令官躺在一张靠背椅上,双脚蹬着壁炉,抽着一根长的瓷烟斗,穿着一件漂亮的睡衣,不用说,那肯定是从一个

粗俗的市民的空房子里抢来的。他连招呼都不打，神情很是高傲，一副蛮横无礼的样子。

过了好一会儿，他终于开口了。

"你们找我什么事？"

伯爵赶紧发言："我们想马上就走，先生。"

"不行。"

"为什么不许我们走？"

"因为我不高兴。"

"我声明一下，先生，您的总司令已经批准过我们可以离开，您有什么权力扣留我们？"

"鹅（我）不远（愿）意……没有撇（别）的理由……里（你）们格（可）以下去了。"三个人都朝他鞠了一躬，然后退出来。

他们在愁闷中度过了整个下午。谁都弄不清楚这个德国人怎么会产生这样的怪念头。他们全都待在厨房里，设想出许多离奇荒唐的情形来加以讨论。可能会将他们留下做人质？但那又会是出于何种原因呢？难道要把他们当俘虏带走？最有可能的是要勒索他们的财物吧？一想到这个，他们无比紧张，其中最富有的人害怕得最厉害。他们似乎已经看见自己为了赎命把成袋的金钱倒在这个蛮横无礼的大兵手里。他们费尽心思想出一些可以骗人的谎言来隐瞒他们的财富，冒充穷人，冒充穷得叮当响的人。鸟先生还将表链摘下来藏在衣服口袋里。天色黑下来了，这使他们越来越害怕。灯已点上，距离吃晚饭的时间还有两个钟头，鸟夫人提议打牌消磨时间。这至少可以解闷消遣，大家都赞成。甚至连高尼德也出于礼貌，停止抽烟，凑一把手。

伯爵洗牌，分牌，羊脂球一开始就得了三十一点。大家都开始专心打牌，各人心里困扰着的惊慌已经平息下去了。但是高尼德发现鸟先生夫妇俩串通好了在作弊。他们正准备吃晚饭去，弗朗维先生又出现了，用他那痰堵着喉咙的声音说："普鲁士军官让我来问一下伊丽莎白·鲁塞小姐，她是否改变主意了？"

羊脂球一听这话，产生了强烈的反应，脸色先是煞白，然后通红，说不出话来。最后她才猛然叫了出来："去对这个无耻之徒、这个下流东西、这个该死的普

鲁士人说,我绝不答应,你听清楚,我绝对不会,无论如何都不会答应。"胖老板一出去,大家就把羊脂球围住,然后向她打听,要求她把她那一次去见军官的秘密讲给他们听。她先是不愿讲,但没过多久,她内心深处的愤慨便再也无法压抑了,于是她高声嚷起来:"你们以为他找我去会做什么正经事情吗?他想跟我睡觉!"谁也没有感到羊脂球说的粗话刺耳,因为人们都像她那样义愤填膺。高尼德用力将酒杯往桌上一掷,把酒杯都摔破了。当时只听见一片声讨这个可恶流氓的愤怒呼叫,全体团结起来抵御外侮了,似乎敌人要羊脂球作出牺牲的这件事里他们每个人都有份。伯爵愤慨地表示这些人的行径完全与古代原始部落一样,尤其是那几位太太,更是对羊脂球显出格外怜惜爱护的样子。那两位只在吃饭的时候才下楼的修女,垂着头,默默无语。

怒火暂时平息了下去,大家继续吃饭,但很少开口,各有心事。妇人们很快便回到自己的房间,男人们抽着烟将牌局组织起来,他们约了弗朗维先生一起参加,他们想要巧妙地从他口中探听出有什么好方法能消除与军官的对立态度。但是他专心打牌,什么也不想听、不想回答,只是不断地叫:"打牌吧!先生们,打牌吧!"他是那样专心,连痰都没时间吐,使得他胸腔里有时候声音拖得很长。呼哧呼哧抽动着肺叶发出哮喘病的种种响声,从厚重的、深沉的低音节一直到嘶哑的高音,就像一只在学打鸣的公鸡。

当他困倦的太太来找他的时候,他还是牌兴正浓。太太没办法,一个人走了,因为她有黎明即起的习惯,而他呢,恰好相反,以熬夜娱乐为乐趣。"你把我那罐牛奶熬蛋黄放在火边上煨着!"他说完接着打起牌来。大家发现从他嘴里什么也探听不出来,就宣布散局,各自回去休息。

希望在若有若无之间存在着,第二天大家仍然坚持早起,因为他们都抱着一线希望。想离开的欲望也更强,他们很担心还要在这丑恶的小旅馆里待下去。拉车的马还留在马房里,车夫也不知在什么地方。他们没有事情做,只好围着车转来转去了。

午饭吃得很不痛快,大家好像对羊脂球有点儿冷淡了。夜晚常常令人深思,过了一夜后,他们的看法也就改了样儿。现在他们都十分怨恨这个女人,她为什么不悄悄地跑去找那个普鲁士人呢?那样一来,她的旅伴就可以在第二天一觉

醒来的时候，知道意外的好消息了。难道还有比这个更简单的吗？并且又有谁会知道呢？她只要对军官说她是看旅伴们可怜，感到苦恼才应允的，这不就顾全了她的颜面吗？对她来讲，那种事没有什么了不起的！

只不过这些心里的想法，至今还没有人讲出来罢了。

下午，大家实在快要闷死了，就提议到镇子附近去散散步。一小队人将自己的身体包裹好就出发了，唯独高尼德不去，他情愿自己一个人待在旅馆里烤火。那两位修女也都没有去，白天她们不是在教堂里就是在神甫那边的住宅里消磨时间。

天气一天比一天冷，耳朵和鼻子冻得像针扎似的；两只脚很疼，每走一步就受一次罪。眼前的田野望过去是茫茫无尽的一片白，那样凄怆悲凉。大家马上就感到寒入骨髓，愁上心头，立刻掉转身子往回走。走在前面的是四个妇人，三个男人在后面不远处跟着。

鸟先生很清楚现在的情况，忽然发问说，他们会不会被这个"臭婊子"害得要在这样一个地方永远地待下去。伯爵永远是彬彬有礼的，说他们不能硬逼一个妇人作这样一种痛苦的牺牲，这种事只能由她自己来决定。卡雷·拉玛东先生表示同意，他说法国人如果真如大家所谈论的那样，从第厄普攻过去，那么两军的决战地点只能是多特。那两个人听了他这种说法，心里有点儿着急。鸟先生说："那咱们就来计划一下徒步逃走吧。"伯爵耸了耸肩膀："雪这样大，再带着几位太太，恐怕不行吧？他们马上就会追赶上来，用不了十分钟就会把我们抓住，当俘虏带回去，到时候那可就得任凭这些大兵摆布了。"伯爵这话说得还很有道理，等他说完了，大家谁都不再做声了。

太太们都在谈论打扮，可是她们之间好像还有些拘束，都话不投机。

在街口，他们突然发现了那个普鲁士军官。在那一望无边白茫茫的雪地上，他那穿着制服的细高身体十分显眼，走起路来两腿使劲儿地向两边撇开着，也许这是军人怕弄脏刚擦亮的长靴的特有走法。

他在经过妇人们面前时，欠了欠身，可是对那些男子却十分轻蔑地看了一眼，好在这些人也懂得自爱，没有把帽子摘下来，尽管鸟先生做出了一种似乎要摘掉帽子的手势。

羊脂球的脸红到耳根，那三位有丈夫的妇人同时感到一种很大的耻辱，她们感到可耻的是，和妓女一起散步时却偏偏让军官碰见，而且这个妓女又是那个军人那般不客气地侮辱过的。

接着她们就热烈地谈论起这个军官来，既谈到他的身段又谈他的容貌。卡雷·拉玛东夫人同许多军官打过交道，对鉴别军官很有一套，她认为这个军官的确很不错。她甚至有些惋惜——如果他是法国人的话，他将是一个很漂亮的轻骑兵，所有的漂亮女人都会对他着迷。

回到了旅馆，大家都不知该做些什么。为了一些极其不起眼的小事，言语都很生硬，晚饭不声不响地吃完了，吃得很快。随后大家都上楼去睡了，希望赶快睡着，让时间不知不觉地过去。

第二天早上下楼，大家的脸色都明显疲惫不堪，并且都怀着满腔的怒火。几位太太似乎不再跟羊脂球说话了。

钟声响了，教堂里有个孩子要接受洗礼。其实，羊脂球曾经生过一个孩子，寄养在依弗多的农民家中。她一年也不过去看他一次，平时也从不会想他。可是一想到这个立刻要接受洗礼的小孩，心里忽然对自己的孩子产生了一种克制不住的母爱，于是她不顾一切地要去迎接这个盛大仪式的到来。

她离开了没有多久，大家先是我看看你，你看看我，接着把椅子往一块儿挪挪，因为他们都感觉，已经到了应该有所决策的时候了。鸟先生忽然之间产生灵感，他提议，把羊脂球一个人留下，让其他人跟着伯爵一起上路。

依然是弗朗维先生接受了这个传话的使命，可是他立刻又回来了。那个德国人深知人类的本性，把他赶了出来。军官的意思是，他的愿望一天得不到满足，就把全部的人扣留一天。

鸟夫人的暴躁脾气突然发泄出来：“总不能困死在这儿啊！反正她跟那么多的男子干过那种事，我认为她就没有理由反对这个人、接受那个人。我却要请教一下，在鲁昂碰着谁要谁，即使是马车夫，她也要！是的，太太，接她来的省政府的马车夫！这种事，我知道得更清楚，现在马车夫就在我们店里买葡萄酒。至于今天，要她帮我们排除困难时，她却摆上架子了！她是个狼心人，倒冒充起正经人来了！……倒是这个军官，我感觉他的作风很正派。他也许很长时间没接近女

人了，咱们这三个女人应该比羊脂球更对他的胃口。但是，不，他只想把这个淫荡的妇人搞到手就知足了。他对有丈夫的妇人是懂得尊重的。请你们想一下，他可是这里的主人。如果他开口说一声'我要'，他肯定是能在他那些大兵们的帮助下把我们强奸的。"

那两个躲在角落里的妇人吓得颤抖了两下。美丽的卡雷·拉玛东夫人眼里闪出了光芒，并且面色有点儿发白，就像自己已经被那几个军官强施无礼了似的。

这时，男人们都走了过来。鸟先生怒火冲天，主张把这个"贱货"连手带脚地捆起来，交给敌人。伯爵出身于三代都做过外交大使的家庭，而且他自己又先天有一副外交家的气派，他不主张这么做，他说："还是应该好好地劝她。"于是他们神秘地商量起来。

妇人们挤得更紧凑一些，说话的声音放得很低。大家议论纷纷，各自发表各自的意见，而且话说得都很得体，特别是这些太太们想到了一些完美曲折的讲法和委婉的措辞来展示最丑恶的事，话都说得那么小心慎重，局外人闯进来的话，一点儿也听不懂。但是所有高阶层社会的妇女披在身上的那层薄薄的廉耻心，也只不过能掩盖外表，她们偶尔遇到这种猥亵下流的意外事故，也止不住心花怒放，自己骨子里都觉得异常发狂，简直就可以说是如鱼得水。她们是怀着一颗跃跃欲试的心在为别人从中撮合，就像一个馋嘴厨子为另一个人准备晚餐一样。

到最后，这个故事在他们的眼中显得那么有趣，所以大家心里不由自主地轻松愉快起来。伯爵想出了一些客观大胆的趣话妙语，但是他说得却很巧妙，而且不刺耳，于是引发了大家会心的微笑。鸟先生讲了一些粗鲁肮脏的猥亵词句，大家听了也并没有觉得难听，他的太太于是毫无保留地表达了她的看法，得到在座所有人的赞同。她说："既然是这个姑娘的本行，那么她为什么对别人不推却，却单单要拒绝这个人？"那位可爱至极的卡雷·拉玛东夫人好像竟有这样的想法，假若自己是羊脂球，她是宁愿谢绝别人也不愿谢绝这个人的。

他们花了好半天的时间共谋包围的办法，就好比对付一座被围困的要塞。大家都定好了自己应该接受的任务，应该讲的理由和能玩的手段。大家准备好

集体进攻的计划,应该施展的妙计和乘其不备的突然袭击,以便更好地强逼这座活城堡开门迎接敌人。

不过高尼德自始至终躲在一边,丝毫不过问这件事。

大家的注意力全都那么集中,竟然没有一个人听见羊脂球回来。还好伯爵轻轻地嘘了一声,大家才抬起头来,她已经到了跟前。他们突然闭上嘴,觉得十分尴尬,一时无法和她搭话。伯爵夫人到底比别人更习惯于交际场中的两面派作风,就问她:"这次洗礼有趣吗?"

激动的胖姑娘于是把一切都讲给他们听,她看见了什么样的人,那些人是什么态度,就连教堂的外观她都讲得出,到后来还补了一句:"偶尔祷告一次很有好处。"

这几位太太直到吃午饭前,对她都很和气,为的是取得她的信任,使她更容易听从他们的劝告。

刚一开饭,进攻就开始了。刚开始是奉献,他们列举了许多古代事例,如犹底特和荷罗菲纳(古代传说中的犹太女英雄,深入敌营,灌醉了敌军大将荷罗菲纳,砍下了他的头,敌军因而惊溃);又毫无根据地举了鲁克雷斯和塞克都斯(鲁克雷斯是古罗马名将之妻,被罗马皇帝的儿子塞克都斯奸污,愤而自杀。据传她的死招致罗马皇帝的垮台);接着又谈到了克娄巴特拉古埃及女王(传说她曾凭自己的美貌征服恺撒等罗马名将),说她曾把对方所有将军全都勾引到自己床上,让他们像奴隶一样唯命是从。接下来的故事是从那些不学无术的亿万富翁头脑中产生的,在故事里,那里的女公民们跑到加布,大胆地把汉尼拔搂在怀中,哄他睡觉,不但搂他,而且还搂他那些将领和雇佣兵。只要是用自己的英勇战胜丑恶可恨的敌人的女人,只要是为了忠心而牺牲尊严的人,都一一列出来了。

他们甚至还提到了英国的名门闺秀,她故意染上传染病,就是要对付拿破仑的。上帝保佑,多亏拿破仑在这次难堪的幽会中突感不适,所以最终得救。

一切都是那样得体,那样有分寸,而且还时不时爆发出一片热烈的赞赏声,足以激发人去仿效。听了这样的话,你一定会相信,在这里,女人唯一的使命就是永久不断地牺牲自己的一切,无休止地任凭敌人随意处置。

那两位修女好像在想什么，似乎什么也没听，羊脂球也没说一句话。

一个下午，大家把所有的时间都给她，让她思考。可是，谁也不明白为什么，大家都叫她"小姐"，而不是以前的"夫人"了。好像故意往下降一级，给她一个不体面的地位。

鲜汤来了，弗朗维先生这时又出现了，还是重复那句话："普鲁士军官让我问伊丽莎白·鲁塞小姐，她是不是转变态度了？"

羊脂球冷冰冰地说："不会的，先生。"

在吃晚饭的时候，同盟军的势力大减。鸟先生说了几句话，效果不怎么样。所有的人都在搜肠刮肚地寻找新的例子，可是枉费心机。伯爵夫人或许没有经过事先准备，只是有可能对教会表示敬意，向那位年长的修女打听圣人们有什么丰功伟绩。哪知许多圣人都曾经干过让人不愉快的事，不过这些事如果是为了上帝的光荣或是为了别人的利益，那么教会便会毫无顾忌地加以宽恕。这是最有力的证明，伯爵夫人马上加以利用。或许是双方有了默契，或许是一方大献殷勤，只要是身披教会外衣的人都会这一手，也许仅仅是由于缺乏头脑，也许是爱给人帮忙的糊涂劲儿，不管怎么说，这位老修女给他们的阴谋帮了一个大忙。

大家原本认为她胆子小怕羞，哪知她很胆大，言辞也激烈。这位修女从来不受那些探讨研究的影响，她自己的信仰有如铁打的一般，从来也没有动摇过，她的良心从来没有受到谴责的时候。她觉得亚伯拉罕的做法丝毫没有让人惊奇的地方，她只会服从上天的命令，即使让她杀父杀母，她也会毫不犹豫的。在她看来，只要做法正当，不管做什么事天主都会高兴的。因为这位同谋者是神圣的，伯爵夫人乘机利用，更让她对"不要过程只要结果"那句道德格言作了一番大有教益的解释。她是这样问修女的：

"那么您怎样看待这个问题，无论采用什么方法，天主都会答应吗？如果动机纯洁，行为本身终究可以得到天主的宽恕吗？"

"谁也不能怀疑这个呀，太太！本身必须受谴责的行为，常常因为引起行动的念头良好而变成可钦可敬的。"

她们就这样继续谈下去，她们共同判断天主的意愿，揣摩天主的决定，逼迫天主操心参与与他一点儿也不相干的事情。

　　所有这些都很含蓄、巧妙、得体。然而这位戴元宝帽的修女的每句话对这个妓女的愤怒抗拒来说，都起着攻破缺口的作用。随后谈话稍稍离开了本题，手执念珠的女人谈到了她所属的各个修道院，讲到她的院长，谈到她自己和那个弱小的同伴，以及那个亲爱的圣尼赛福尔修女。她们都是应召到勒阿弗尔那些医院去看护好几百名身染天花的士兵的。她形容了那些可怜人的情形，详细地讲述他们的病情。由于这个普鲁士军官任性横行，她们被截在半路上，很多法国人可能会送命，如果她们在那里，本来是能够把他们救活的。看护军人原是她的专长，克里米亚、意大利、奥地利她都去过。在她讲述她参加过的那些战役的时候，突然让人觉得她就是那些打着军鼓、吹着军号的修女队中的一位，而这些修女好像天生就是为了随着兵营奔走，在战争的旋涡里抢救伤兵的；她们比长官还能干，可以一句话便制伏那些不守纪律的老兵。她能够算是一个真正随军的好修女，那一张被天花毁掉的、有许许多多麻瘢痘痕的面孔，仿佛就是战争的真实写照。

　　她说完后，其他人便不再说什么了。

　　饭后各自回房，等到天明。

　　午饭平静地过去了。他们得给昨天晚上种下的种子生根发芽的时间。

　　午饭后，伯爵夫人建议大家去散步，因此伯爵依照既定计划挽着羊脂球的胳膊走在大家的后面。

　　他和她谈着话，使用的是稳重的男人对卖笑女子说话的那种口吻，亲热随便，慈祥和蔼，似乎还带点儿轻蔑。他叫她"我的孩子"，以高高在上的社会地位和不容置疑的崇高身份，屈尊俯就地对待她。他开门见山，直奔主题：

　　"这样看来，您是宁愿让大家留在这里，与您一样等普鲁士军队吃败仗之后，冒遭受他们各种强暴对待的危险，而不肯忍耐一点儿，同意做您一生经常做的事？"

　　羊脂球一字未答。

　　他用尽各种手段去说服她。他既能够保持"伯爵先生"这个身份，又能在需要的时候殷勤献媚、恭维夸奖，表现得非常可爱。他极力渲染她能够帮他们多么大的忙，也谈到他们将怎么感激她，然后突然笑嘻嘻，亲密地改用"你"来称呼

她,说道:"你要知道,我亲爱的,他将来还可以夸口,说他曾经尝过一个他们国内不多见的美女的滋味呢!"

羊脂球什么也没说,赶上了其他人。

回到旅馆她没露面。大家都很担忧。她到底会怎么办呢?假如抗拒,那就糟糕透了。

吃晚饭时,她没下来。后来弗朗维先生走了进来,通知大家说鲁塞小姐身体有点儿不大舒服,大家可以先吃。每个人都竖起耳朵听着。伯爵走到老板身旁,轻声问道:"可以了?""可以了。"为了保全面子,他对同伴们什么也没说,只是对他们微微点了点头。所有的人马上都轻松了,长长地叹了一口气,脸上现出轻松愉悦的表情。鸟先生高声叫起来:"我请大家喝香槟酒,真无聊!不知道这个旅馆里面有没有呢?"鸟太太却难免有些胆战心惊,因为老板很快手里拿着四瓶酒走进来了。所有在场的人都突然间变得爱说爱笑,尽自己的力量去活跃气氛,各人心里都充斥着一种不完全光明坦荡的快乐。伯爵似乎发现卡雷·拉玛东夫人很有风韵,而那个棉纺厂的厂主卡雷·拉玛东先生则不断向伯爵夫人献殷勤。谈话愉快活跃,妙语连珠。

突然,鸟先生显得很惊恐,双臂高举,喊道:"都安静下来!"大家吃了一惊,当真停止了交谈。鸟先生这时竖起耳朵听,一面双手拢起嘴发出一声"嘘",抬起目光朝着天花板。他又用心倾听了一会儿,恢复了自己原来的嗓音说道:"没事,放心吧。"

开始人们有点儿莫名其妙,但是很快便都露出了微笑。一刻钟之后,这幕幽默戏又重演了一次,而且整个晚上经常重演,他还总是做出和楼上某个人打招呼的架势,把那些从他的市侩脑子里挖掘出来的带有隐含意义的建议提供给对方。有些时候他又做作地愁眉苦脸叹着气说:"多么让人怜惜的小女孩啊!"再不就怒火冲天地咬着牙嘟囔:"混账的普鲁士人!"而当人们都忘掉那件事时,他却提高了声调连喊几次:"行啦!行啦!"接着似乎自言自语地说:"希望我们还能再见到她的面,可不能让这个坏蛋给收拾死啊!"

尽管这类玩笑话粗俗不堪,但是没有一个人感到生气,大家反而还觉得有趣。原来气氛同样会受到环境影响的,而在这些人周围慢慢形成的气氛里,充满

了下流的念头。

吃点心水果时，女人们也会讲一些极有趣味、可也很巧妙的含沙射影的话来。大家的眼睛都亮晶晶的，因为酒喝了很多。伯爵即使在吃喝玩乐的时候也注意保持风度，他打了一个大家颇为喜欢的比喻，说北极严冬已经过去了，一群被困于冰冻中的难民看见通往南方的道路已经打开，于是异常快活。

鸟先生兴致很高，他站了起来，举起一杯香槟，说道："这一杯酒为祝贺我们的解放而喝！"大家都禁不住欢呼雀跃起来。几位太太劝来劝去，那两位修女也答应将嘴唇在这个她们从来都没有尝过的有泡沫的酒里抿一抿。她们说味道有些像柠檬汽水，但更好喝。

鸟先生作了一个总结："唯一遗憾的是缺少钢琴，否则的话真能够跳一场四对舞。"

高尼德一直闭口不言，他端坐着，似乎深深沉浸在严肃的思考中。某些时候他发狠地扯着自己的大胡子，似乎准备将它拉得更长一些。最后，将近十二点的时候，大家要散了，喝得东倒西歪的鸟先生，猛地在高尼德的肚子上拍了一下，口里含糊不清地说道："您今晚话也不说，为何不高兴，公民？"哪知高尼德却猛地仰起了头，双眼闪烁着恶意，将当时在场的人扫视了一圈，说道："告诉你们，你们刚才做的那些事情卑鄙透顶。"说完就站起来，走到门口，又重复一遍："极端下流！"说罢走出去不见了。

大家都觉得非常扫兴。鸟先生没想到碰到这个钉子，也目瞪口呆，可是他恢复镇静以后，猛地弯了腰大笑起来，口里不住念叨："老伙计，葡萄太酸了，太酸了。"大家不知所云，他于是把"走廊里的秘密"讲给人们听，于是大家又兴高采烈起来。几位太太快活得手舞足蹈。伯爵和卡雷·拉玛东先生笑得直淌泪，他们不敢相信会有这种事。"怎么？没有搞错吧？他真想……"

"是我亲眼所见的。"

"她竟然不答应……"

"那是因为隔壁房中就住着那个普鲁士人。"

"怎么可能发生这种事？"

"我可以对天发誓，这件事是千真万确的。"

伯爵笑得气都喘不过来了。卡雷·拉玛东先生把自己的肚子都笑疼了。鸟先生还不肯住口呢：

"你们现在清楚了吧，今天晚上他是无论如何也笑不出来的。"

三个人笑得肚子都痛了，笑得都喘不上气了，不停地咳嗽。

笑过以后他们各自走了，以鸟太太的脾气，她是绝不饶人的。当这对夫妻一睡到床上，她就对她丈夫讲述卡雷·拉玛东太太整个晚上都在媚笑："你清楚，女人要是看上了穿军服的，不管是法国人还是普鲁士人，全都欢迎。她们还有脸见人吗？我的上帝啊！"

这一夜很是不平静，走廊里总好像有一些响声，还有光脚在地上走过的声音和不易听到的咯咯声。当然大家都到深夜才睡着，因为好久好久以后还有灯光，所有这些都是因为他们喝了据说会打扰人睡眠的香槟酒。

第二天，外面的雪被照得很耀眼。公共马车总算套上了马，已经等在门外了。一大群白鸽子，粉红色的眼睛，厚厚的羽毛，昂首挺胸，在这六匹马腿下走来走去，啄着马粪来当它们的早餐。

车夫抽着烟坐在座上，围着他那块羊皮。旅客们都心花怒放，急忙让人准备食物以便路上吃。

只等羊脂球一人了。她终于出来了。她好像有点儿羞惭，有点儿激动。她向旅伴们走来，这些人一起转过身去，仿佛没看见她似的。伯爵扶着他妻子，走向另一边，避免与她接触。

羊脂球很奇怪，不再往前走，最后她终于打算和棉纺织厂厂主的太太打声招呼，她很谦恭地轻轻说了一声："早晨好，太太。"对方只是点了点头，同时像是受到了侮辱似的朝她望了一眼。每个人都离她远远的，就好像她会带来什么疾病似的。后来大家都匆忙地向马车走去，最后就只有她一个人在后面，她爬上车，坐在位子上，什么也不说。

所有人都像不认识她似的，可是鸟太太一脸怒气地小声对她的丈夫说："多亏我没坐在她旁边。"

笨重的马车晃动起来，旅行又开始了。

最初谁也不吱声。羊脂球也不敢轻易抬头。她对这些人感到气愤，同时她也

感到羞愧,羞愧的是让了步,被他们伪装的正义推到了这个普鲁士人的怀中。

伯爵夫人带头说了句话,她回头向拉玛东夫人问道:

"您也许认识德·哀特莱尔夫人吧?"

"认识的,我们还是朋友呢。"

"她是多么可爱而招人喜欢的人啊!"

"越看越喜欢,还是个多才多艺的人物。"

棉纺厂厂主正在和伯爵谈天,并且不时地可以听见像涨价啦、到期啦、息票啦、限期啦这种话。

鸟先生夫妇在玩着纸牌。

两位修女把念珠取下来放在手里,一同画了十字,突然嘴唇动起来,而且飞快地念着,还不时地亲着那块圣牌,吻完又画十字,然后嘴唇又飞快地动了起来。

高尼德呆坐着不动,正在想着心事。

走了很久以后,鸟先生收好纸牌。"肚子都饿了!"他说。

他的太太取出一块牛肉,切成了薄片,两个人就吃起来了。

"我也饿了,我们也拿点儿东西来吃好吗?"伯爵夫人问。得到同意以后,她把给两家准备的食品拿了出来,一个椭圆形的盆子里盛着熟兔肉,看上去十分鲜美,兔肉上铺着肥猪肉丁,还有些碎肉拌在里面。另外还有瑞士的干酪,它是用报纸包着的,就连报纸上的字都印在了干酪上。

两位修女从纸里拿出散发着蒜味的香肠。高尼德把双手插进了口袋翻找,从其中的一个口袋里掏出了四个熟鸡蛋,又从另一个口袋里掏出面包。他狼吞虎咽地吃起了鸡蛋,匆忙中连蛋黄都沾在了胡子上。

羊脂球手忙脚乱地起了床,没有想到带些吃的。看见这些人旁若无人地吃着东西,不由得怒火中烧。她一阵狂怒,准备训斥他们一顿的大堆脏话已经涌到嘴边。然而,怒火是那样强烈,她却说不出一句话来。

根本没有人理睬她。她觉得自己被淹没在这些正直的浑蛋的轻蔑里,他们先把她当成玩物,然后又像抛弃没有价值的东西似的抛弃她。她接着想起了她那只装着满满的好东西的大篮子,他们是那样贪得无厌;她想起了她那两只冻得亮晶晶的小鸡,她那些梨子、肉酱,还有四瓶波尔多红葡萄酒。这时她愤怒极

了,因为她太生气了,觉得很想哭。她想方设法地忍住,跟孩子似的把呜咽硬咽下去,可是眼泪还是不争气地涌了出来,不一会儿,两颗大泪珠顺颊而下。接着是更多的泪珠,流得越来越多,就像断了线的珍珠,一滴一滴落在她丰满的胸脯上。她脸色苍白,不希望别人看见她这个样子。

但是伯爵夫人却看了出来,并给她的丈夫递了个眼色。他无奈地耸了耸肩,好像在说:"这也是没办法的事,可怪不得我。"鸟夫人却不屑地笑了笑说:"她是在为自己的厚脸皮而伤心难过呢。"

两个修女把吃剩的香肠放在了纸里,又继续读起经来。

高尼德正在消化刚吃下的鸡蛋,他把两条长腿伸到对面的凳子底下,向后一靠,两臂互相交叉着,好像已经找到了捉弄人的办法似的,脸上露出愉悦的神情,并且吹起了《马赛曲》的调子。

大家都涨红了脸,无疑,这支人民的歌是那些人不喜欢听的。他们都感觉心里烦躁,仿佛要大嚷大叫才好——狗听到手摇风琴的声音就是这样的。

他即使看出来了,也没有停止唱,甚至把歌词也唱了出来:

> 对祖国的神圣热爱,
>
> 快来领导、组织我们复仇的方向,
>
> 自由,最亲爱的自由,
>
> 快起来和保卫你的人们并肩战斗!

雪地已经变得结实了,车子也加快了速度。在漫长而乏味的旅途中,在车子颠簸颤动的声响中,不管是黄昏的那一刹那,还是车里已经昏暗的时候,他都是这样执拗顽固地吹着他那复仇性的、孤独的调子,尽管那些人被逼得十分愤怒,脑筋非常疲乏,但是却毫无办法,只得从头至尾听着他的歌声,而且每听一句,还不自觉地把歌词记了下来。

羊脂球一直在哭,虽然她强忍着,但呜咽声还是不时从黑暗中传出来。

西蒙的爸爸

中午放学的钟声敲响了,校门大开,孩子们争先恐后地挤出来。奇怪的是,他们并不像平常那样马上回家吃饭,而是三五成群地议论着。

原来,他们议论的话题与白勒斯特大姐的儿子西蒙入学有关。

这些学生听家里人议论过白勒斯特大姐。在一些公共场合,人们都很敬重她,但是在私下里,当他们的妈妈议论到她时,怜惜中总会有些鄙视。至于什么原因,他们根本不知道,但却受到这种态度的感染。

而白勒斯特大姐的儿子西蒙呢,从不与孩子们一起玩耍。所以,他们不认识他,就更不用说喜欢不喜欢了,他们听了一个十四五岁的大孩子说的话,惊讶不已,马上沸沸扬扬地传开了。

"我想……西蒙……哼,他一定是没有爸爸。"

那个大孩子说这些话时,一副狡黠的神情,挤眉弄眼的,看表情他是知道内情的。

这时,小西蒙也来到校门口了。他有七八岁年纪,脸色苍白,穿戴整洁,样子羞涩,似乎有些拘谨。

还有好多同学在低声地议论,目光鄙夷地盯着西蒙,像要搞恶作剧那样。

果然，就在西蒙走出校门要回家时，他们一起拥上来，把他团团围住。西蒙被围在中间，惊讶惶惑，不知究竟是怎么回事。那个刚才说话的大孩子一看计划实现了，得意得不得了，便问西蒙：

"你叫什么名字？"

他回答说：

"我叫西蒙。"

"这到底是姓还是名啊。"对方接着问。

这孩子被问得稀里糊涂的，又说了一遍："西蒙。"

"我问你什么都不明白吗？"大孩子冲他嚷道。

孩子气得都要哭了，他又一次回答：

"我的名字本来就是西蒙。"

那些浑球儿大笑着嘲讽他，那个大孩子更是不知天高地厚了，提高声音说：

"你们都知道吧？他没有爸爸。"

全场一阵寂静，孩子们都傻了，这孩子竟然没有父亲，这件事太离谱了，简直不可能。他们把他看成了一个不属于这个世界的人，视为违反天理的人，然后他们也明白了，理解了自己的母亲为什么看不起白勒斯特了。

西蒙则找到一个地方靠在那里，好像被一场突如其来的打击吓傻了。他想辩白，但又无言以对，驳不倒他没有爸爸这个可怕的事实。他面无血色，最后简直没什么说的了，他嚷道："不对，我有爸爸。"

"可是他在哪里？"大孩子问道。

西蒙哑口无言，他对此一无所知。孩子们高兴地放声大笑，这些乡下孩子近乎野兽一样残忍地伤害这个孩子，就好似同窝母鸡中，假如有哪只受了伤，其他的就会一哄而上，争着将其啄死一样。西蒙忽然看见另一个小孩，而且他一直知道这个孩子和他一样备受欺凌。

"咱们同病相怜。"西蒙说了一句。

"胡说，我是有爸爸的。"那孩子回答。

"他现在在哪里呢？"西蒙反驳道。

"他去世了，现在葬在墓地里。"那样子是理直气壮的。

在这群孩子里立刻发出了一阵嘘声，就好像虽然他爸爸不在了，可是也比他强。这群孩子的父亲，差不多都是酒鬼、恶棍、窃贼，都殴打自己的妻子。现在，这些身份差不多的孩子紧紧团结起来，一定要把他排挤出去。

这时，一个毛手毛脚的小孩忽然伸出舌头戏弄他，嚷着：

"没爸爸！没爸爸！"

西蒙冲了上去，两个人扭打了起来。场面一片混乱，等两个交手的孩子被拉开时，西蒙已经被打得站不起来了，而那些淘气鬼则喝倒彩。他爬起来，不由自主地拍拍沾满尘土的小罩衫。这时又有人戏弄他说：

"回家找你爸爸啊。"

西蒙一听这话，心里气愤极了。他打不过他们，感到非常无奈。可是他的自尊心很强，尽量忍住涌上来的眼泪，忍了一会儿，实在憋不住了，这才哭起来，浑身瑟瑟发抖，但就是不哭出声来。

这群捣蛋鬼就像野人庆祝节日那样，很自然地手拉起手，围着他又叫又嚷："没爸爸！没爸爸！"

然而，西蒙突然不哭了，他压抑不住怒火，正好脚下有些小石子儿，他就拾起来，狠命朝那些家伙掷去。有两三个给打中了，嗷嗷叫着逃跑了。他的样子非常凶，其他孩子也都惊慌失措了，吓得纷纷逃窜，遇到勇敢的人，他们只剩各自逃命的份儿了。

现在，这里就只剩下他一个了，他撒腿朝外边跑去，因为他想起了一件事，随之下定了决心。他要投河自杀。

因为他想起在不久前有个乞丐因为没钱而投河自尽了，他的尸体被打捞上来时，西蒙也在。他平时看见他时总觉得他可怜兮兮的，可是死了之后就变得安详宁静了。旁观的人说："他终于死了。"有个人补充说："现在他终于脱离苦海了。"西蒙也要投河，老乞丐没有钱，而他没有爸爸。

他平静地来到河边。河水清澈，几条鱼在水中玩耍。他只顾看鱼，就不再哭了，因为他觉得鱼捕食的方法很特别。他的气有些消了，不过有时想起"我没有

爸爸,我要投河"这个念头时,仍很痛苦。

天气异常暖和,西蒙流着眼泪,一股倦意笼罩着他,让他很想躺在热乎乎的草地上睡一觉。

一只小青蛙调皮地蹿到他脚下,他想捉住,却让它跑掉了。他追上去,扑了三回都失败了,最后总算逮到了它,看着小动物挣扎的样子,他忍不住笑起来。小青蛙合并两条后腿,再猛力一蹬,两腿突然伸得笔直,有着金眼圈的眼睛鼓得溜圆,前爪则像婴孩的两只手一样舞动。这令他想起他制作的玩具,也是和这只青蛙一样。于是,他又想起他最不愿想起的事。然后,他瘫倒在地,像临睡前的祷告,但是哭得很厉害。他什么也不想,什么也不看,只是在不停地哭。

突然,一只胖乎乎的手按在他肩头上,一个沙哑的声音问他:"为什么在这里哭啊,小家伙?"

西蒙扭头一看,只见一个年轻的高个子工人温柔地瞧着他。西蒙脸上全是泪水,答道:

"他们合伙来欺侮我,因为我没有爸爸。"

"你在开玩笑吗?每个人肯定都有父亲的啊!"

孩子还是泣不成声地说道:"我……我……我没有。"

那工人听了,神色变得很严肃。他认出他了,他虽然来这里不久,但是隐约听到过他的身世。

"好了,"他说道,"不要再难过了,孩子,我带你去找你妈妈吧。会给你……一个爸爸的。"

两人一起走了,大人拉着小孩的手。那人很高兴,能见见那个白勒斯特,也挺好的,据说她是这里最美的姑娘,也许他还有些别的想法:一个失身的姑娘,很可能再次失身。

他们走到一所很干净的白色小房门前。

"到啦!"孩子说,然后就冲了进去。

一个女人走出来,工人马上就不笑了,他知道,对这个女人,是绝不能开玩笑的。只见姑娘满脸严肃,站在门口,似乎绝不容别人侵犯,因为她曾经被侵犯

了一次。于是他有些胆怯了，摘下鸭舌帽，结结巴巴地说：

"噢，太太，我把您儿子送回来了，他在河边迷了路。"

西蒙冲进了母亲的怀抱，还没开口就先哭了：

"不是这样的，妈妈，我想自杀，因为别的孩子老是欺侮我，他们说我没有爸爸。"

年轻女子满脸羞容，心头很不平静，她紧紧搂住儿子，眼泪顺颊而下。那人站在一旁，也不禁为他们感动了。突然，西蒙跑过来，问他：

"你做我的爸爸可以吗？"

一阵静寂，白勒斯特大姐靠在了墙边，双手按着胸口，默不做声，忍受着痛苦和羞辱。孩子见那人不回答，又说道：

"您若是不愿意，我还是会自杀的。"

那工人以为这只是个玩笑，笑眯眯地说：

"可以，我答应你，这使我感到很荣幸。"

"可是我还不知道你叫什么呢！"孩子又问道，"如果他们再问起来，我好回答他们。"

"我叫菲利浦。"那人回答。

西蒙认真地记了下来，他要把这个名字好好地记下来，然后才心满意足地向他伸出手臂，说道：

"这可太好了！菲利浦，你现在就是我爸爸了。"

那工人把孩子高高举过头顶，突然亲了亲他，然后大步离开了。

第二天上学，西蒙又被同学们讥讽了。下课后，那个大孩子又要来他那套了，可是西蒙立刻反驳，将这句话劈头扔给他："我有爸爸，他叫菲利浦。"

周围的同学都嘲笑着叫道：

"你说的到底是哪个菲利浦啊？"

西蒙对这话不理不睬，他心里有着必胜的信念，以挑战的目光注视着他们，他宁愿吃亏，也不肯在他们面前服输。还是老师帮了他的忙，他才能回家。

菲利浦一连几个月都经常经过白勒斯特家门前，一看见她，就上去搭讪。

姑娘则非常礼貌地回答，但始终是很严肃的样子，也绝不让他进屋。然而，他同所有男人一样，总好自吹自擂，认为姑娘同他说话时，脸色往往要稍微红些。

可是，名声一旦被人当成话柄，就很难再堵住别人的嘴，尽管白勒斯特已经处处小心了，但当地已经有闲言碎语了。

西蒙却很喜欢菲利浦，几乎每天都同他一起去散步，他现在在同学中间也挺起了胸膛。

突然有一天，那个经常招惹他的大孩子对他说：

"你别吹牛了，菲利浦根本就不是你父亲。"

"谁说不是？"西蒙非常激动地问道。

那个大孩子不紧不慢地说：

"因为，他要是你的父亲，那他就应该是你妈妈的丈夫。"

这个推理也不能说不对，西蒙心慌了，可是他还是硬着头皮回答："反正他是我爸爸，这绝对没错。"

"有这种可能，"大孩子嘿嘿冷笑，说道，"可是他只是你半个爸爸。"

白勒斯特的儿子低着头，他边走边考虑刚才的问题，不知不觉走到了菲利浦工作的地方。

他干活的那个铁匠铺很暗，炉火一闪一闪，照着几个铁匠，铁砧发出震耳欲聋的声响。那五条汉子像满身着火的魔鬼，眼睛不离开他们锤打的烧红的铁块。

西蒙走进去时没人注意到他，他用手拽了拽菲利浦，菲利浦回过头来，他们都不干活了，仔细地打量他。就在这意想不到的寂静中，响起了西蒙微弱的声音：

"告诉你，菲利浦，总是欺侮我的那个小子，对我说你只是我的半个爸爸。"

"他怎么会这么说呢？"工人问道。

孩子稚气地说：

"因为你没有和我妈妈结婚。"

里面还是一片寂静，菲利浦站在那里纹丝不动，他在考虑，四名伙伴紧盯

着他,西蒙焦虑地等待,他在这些大人中间显得更加渺小了。忽然,一名铁匠向菲利浦说出了大家都想说的话:

"不论怎么样,白勒斯特是个正经的好姑娘,尽管命苦但是很刚强,是一个规规矩矩的人,如果嫁给一个忠厚的男人,一定会成为像样的妻子的。"

"说得很有道理。"那几个附和着说。

接着那个工人又说:

"是的,她是失过身,可这也不能全怪她。一定是那个男人答应娶她,如今这种情况多得很,人们都能理解。"

那工人接着说道:"一个女人,自己辛辛苦苦地把孩子拉扯大,吃了多少苦,这是多么可怜的事!自从出了那事以后,她除了上教堂几乎就没出过家门,她流了多少眼泪,恐怕只有上帝才知道。"

"嗯,说得很有道理。"其他人应声说道。

很快,大家都不吭声了,只有风箱吹炉火的呼呼声。菲利浦猛然俯下身,对西蒙说:

"亲爱的孩子,回去告诉你妈妈,今晚我要去跟她谈谈。"

他抚着孩子的肩膀,把他推出门去。

他们又开始干活了,五只大铁锤齐声砸在铁砧上,他们就这样干着,一直干到收工,他们强健有力,都像够份儿的大锤。这锤声,像在节日里,主教堂的钟声会比其余的钟敲得更响一样,菲利浦的锤声压过了其他人的锤声,他猛力地一下一下地抡锤,打出震耳欲聋的声响。他眼睛闪着光亮,站在四溅的火星中,不停地狠命抡着锤。

已是满天星斗了,他精心打扮一番,换上新衬衫和过时的外衣,胡子也刮过了。他敲开了白勒斯特的家门,年轻女人来开门,很为难的样子,说道:"菲利浦先生,都这么晚了,这会儿来恐怕不好吧。"

菲利浦想说话,但是一看见她,一时语塞也不知说什么好。

她又说道:"你应该清楚,不能再叫人议论我了。"

他终于说话了:

"只要你愿意做我的妻子，还怕他们议论什么呢！"

她什么也没说。不过他好像听到昏暗的屋子里有身体倒下的声响，便急忙进去。这时，西蒙已经睡下了，他清楚地听见接吻声和母亲低低地说话声。接着，他突然感到被人抱起来，一个巨人般的臂膀把他高高举起，大声说：

"再见到同学时，就跟他们说，铁匠菲利浦·勒米就是你爸爸。如果他们再欺侮你，我会毫不客气地拧他们的耳朵。"

第二天，同学到齐后，西蒙站起来，他脸色发白、嘴唇颤抖，用宏亮的声音说道："我爸爸是菲利浦·勒米，他说，如果谁再欺负我，他就拧谁的耳朵。"

没人再说了，他们都知道那个铁匠菲利浦·勒米。有他当爸爸，无论是哪个孩子都会感到自豪的。

一个农场女佣的故事

晴朗的一天，舒爽怡人。农场雇工吃完午饭就下地干活去了，宽敞的厨房里就剩女佣卢丝姑娘了。炉灶上摆放着盛满了热水的锅，炉膛里的火焰尚有余温。她慢慢地从锅中舀水清洗餐具，阳光透过窗户，将玻璃的影像映出，在桌子上形成两块方形的日影。

几只大胆的母鸡，钻到椅子下面寻觅面包渣儿。炎热的中午十分寂静，只听见公鸡的叫声；窗是敞开的，家禽饲养场的气味混合着牲口棚里发酵的热气，一起散发出来。

卢丝将餐具洗完，擦拭桌子，清理炉膛，将盘子搬到厨房里面，在滴答作响的木制钟旁边的架子上摆好，这才歇了口气儿。不知什么原因，她觉得有点儿头晕恶心。她坐下来，只觉得气味十分难闻。她望了望发黑的土墙，墙上挂着蜘蛛网，挂着熏鲱和一串串洋葱。一直以来，这黑色的土地上不知洒过多少汤汤水水又蒸发掉，一遇到这种天气，便散发出一股难闻的酸腐的气味，还混杂着隔壁阴凉屋里乳制品凝结奶皮的酸味。这些没什么，按老样子，她又要开始做针线活了，但因为困倦，她想透口气。

阳光温暖的爱抚，沁人心田，使人浑身舒坦。门前那堆厩肥产生的热气喷薄而上，老母鸡在那里打滚，躺在那里，时而抓抓扒扒，找虫子吃。母鸡中间有一只

高傲的大公鸡,它随时都会选择它的配偶并大献殷勤,那只母鸡便站起来,懒散地接待它,弯下腿,用翅膀托住它,然后抖抖羽毛上的灰尘,重新躺在那堆粪上,而公鸡则喔喔欢叫,庆祝自己又征服了一只母鸡。与此同时,这一带院落中所有的公鸡此呼彼应,好像要相互发出挑战。

女佣望着鸡,头脑中一片迷茫。后来,她抬眼望去,看到美丽的白色苹果花,她被这一片迷人的景色晃得眼花缭乱。

忽然,她面前跑过了一匹撒欢儿的马驹,沿着栽了树的水渠跑了两趟,突然停住,扭头瞧瞧,仿佛疑惑怎么只有它独自一个在跑。

女佣也想活动一下,然后舒服地躺下,晒晒太阳。她走了几步,但犹豫不定,合上眼睛,通身感到满足的舒适感。继而,她慢吞吞地走向鸡舍,拾了三个鸡蛋,拿到厨房,厨房的味道仍然令她不舒服。

农场大院仿佛睡着了。青草细高,翠绿的颜色呈现出春天的色彩。草丛中有些黄色的蒲公英,犹如一盏盏亮晶晶的灯笼。苹果树的影子越来越矮,棚舍顶上长满杂草,草顶微微冒着热气,仿佛房里的潮气透过草蒸发出来。

女佣走进了棚舍,见里面停放着各种车辆。大桶的边上有一个大坑,坑底上绿油油地长满了香堇菜。从这里望去,能看见宽敞的田野,像一挂挂绿毯,还有几片小树林,远处散布着几伙人在干活,远远望去十分渺小,就像小孩的玩具一样。

她从仓房抱过来一捆干草,扔进坑里,坐在上面小憩了一会儿,还觉得不舒服,便把草铺开,躺在了上面。她慢慢地合上双眼,享受着舒适的惬意,就在她似睡非睡之际,忽然感到有一双手触摸她的胸脯,她忽地坐了起来。原来是亚科,这小伙子是个健壮的高个儿头,庇卡底人,近来一直向她求爱。这天,他正干活,看见姑娘在那个阴凉的坑里躺下,就轻手轻脚走了过来,他的眼睛此时更加明亮了。

亚科想要一亲芳泽,当即就挨了一记耳光。他心里打着鬼主意,却装着求饶。就这样,两人并排坐下,随意聊天,谈到他们的雇主,说他是个老实人,还谈到他们自己、往事、童年、他们的村子,以及别的,然后又谈到邻居、这一带的风土人情,以及阔别已久、也许不会再见的父母亲。卢丝回忆起这一切,心中百感

交集,而小伙子则另有想法,他挨着姑娘,欲望充斥了他的头脑。

"这么长时间都没有见到妈妈了,一直这样,我会受不了的。"

她的目光似乎穿越了空间,直到那个遥远的村庄。

小伙子又亲了她一口;而姑娘朝他脸上狠狠打了一拳,打得他直流鼻血。他站起来走开,脑袋顶在一棵树干上。姑娘见他这个样子,心就软了下来。

"是不是打疼了?"

想不到他却笑起来。一点儿都不疼,只不过是打了个正着。他咕哝着:"真厉害!"不由得萌发了真正的爱。

血止住后,小伙子怕这样下去又要挨打,便提议去散步。这次,倒是姑娘主动挽上他的手臂,就像是夜晚在树林里散步的情侣。卢丝对他说:

"亚科,你怎么这么瞧不起我,这可不像话。"

亚科努力为自己辩白,说明他不是看不起她,只是爱上她罢了。

"既然如此,你愿意娶我吗?"姑娘问道。

小伙子犹豫不决起来,开始仔细打量她,而姑娘则专注地望着远方。她的脸蛋如苹果般红润,丰满的胸脯在紧巴巴的棉布短褂里高高耸起,性感的嘴唇特别鲜艳,脖颈几乎全都露了出来,沁出细小的汗珠。小伙子看着这些,又感到控制不住心底的欲望,他把嘴凑到她耳边,柔声说道:

"是的,我感到很荣幸。"

姑娘闻言,拥抱他,同他接吻,这一吻持续了好久,结果两个人都气喘吁吁了。

从那以后,他们之间便开始了令人目眩的爱情。两人在幽静的角落谈情说爱,夜晚到草垛后面幽会,就连吃饭的时候,也在饭桌下不停地挑逗对方,皮鞋上的铁掌在对方的腿上留下了青紫色的印记。

渐渐地,亚科好像对她产生了厌恶感,总是有意躲着她,连话都很少讲了,更别提什么约会了。卢丝为此忧心忡忡,很是痛苦,不久,她发现自己有了身孕。

她一开始觉得有些羞愧,可是很快就变成了愤恨,因为亚科总是狡猾地躲避她,她连他的影子都看不着了。

后来有一次,卢丝在夜深人静的时候打开了马棚的门。亚科就睡在几匹马

上方一只干草铺就的木箱里,他看到卢丝进来,就假装睡熟了。但是,卢丝爬上去,坐在他身旁,直到把他推醒为止。

亚科坐起来,问道:"你有什么事啊?"

卢丝气得浑身颤抖,气愤地说:"你曾经答应同我结婚!"

亚科轻笑道:"哎!要是把和自己有过关系的女人全娶了,那就天下大乱了。"

卢丝恼羞成怒,突然起身将他推倒,掐着他的喉咙对他说:"我怀孕了,听明白了没有,我怀孕了。"

亚科被掐得喘不过气来,两个人在这寂静的马棚里僵持着,只能听见马吃草料的咀嚼声。

亚科知道她有劲儿,便慢慢地说:

"既然这样,我就娶你做我的妻子吧。"

但是,姑娘已不再相信他所说的话了。

"立刻,"她说道,"既然这样,你就立刻去教堂宣布与我结婚。"

亚科答道:"立刻去。"

"向天主发誓。"

亚科想了片刻,然后就说:

"我向天主发誓。"

卢丝这才放开手,没说什么就离开了。

后来几天,她没有机会与亚科说话,她不敢声张,怕事情闹大。

没想到有一天,她看见来了一个伙计,便问道:

"亚科走了吗?"

"走了,"那人答道,"我是来顶替他的。"

卢丝听了这些话,浑身抖动起来,抖得很厉害,连从钩子上摘下汤锅都费力。等大伙收工回来,她跑回自己的房间,埋头痛哭。一整天,她努力打听亚科的消息,可是她失望了,亚科再也不会回来了。

接着,她开始了连续不断的艰难生活,像没有生命的机器一样不停地运转着。她现在就像行尸走肉,头脑里只有一个念头:"绝不能让人知道。"

这个念头时时困扰着她，令她无法摆脱，现在她什么都不想了，明明感到她怀孕的事很快就会暴露，她也不去为自己的后路打算。

每天，她都必须起得比别人早，拿着破镜子，反复地照着腰身观察，迫切地想知道今天会不会露馅儿。

白天，她经常放下活计，从上往下地看肚子能不能被围裙遮住。

几个月过去了，她就像变了个人似的，别人问她什么事，她也不理，总是慌里慌张的。雇主看她这个样子，就难免会问她：

"可怜的孩子，这段时间你生病了吗？"

她就是去教堂也躲在角落里，再也不敢在上帝面前祈祷，最怕碰见的是本堂神甫，她认为他能读懂人的心灵，会看透她的心事。

就连吃饭的时候，同伴的目光都会令她惊慌失措。她总是想自己的事可能会被小牛倌发现：那孩子古灵精怪，一双大眼睛总是注视着她。

一天早晨，她收到一封信。她从未收到过任何信件，因此心中十分不安。也许是亚科写的吧？可惜她不识字，对着这封来信束手无策，最后还是藏了起来，不敢向任何人透露。她时不时在干活时停下来，对着这封信长时间发愣，看着这些工整的字迹，隐约幻想自己会突然读懂信的内容。她简直坐立不安了，终于她去找小学老师帮忙。那人请她坐下，念道：

> 我亲爱的女儿：
>
> 这封信没有别的意思，我现在的病越发严重了。于是请咱们的邻居唐蒂师傅代笔，如果可以，速速回家。
>
> 你亲爱的母亲
> 塞萨尔·唐蒂代笔

卢丝什么话也没说便走了，可是当她发现周围已经没有人时，她忽地瘫倒在地，在那里一直待到了天黑。

回到农场后，她把这件事告诉了雇主。雇主给了她假期，住多久都行，这里先雇一个女佣，等她回来时再辞掉。

　　她妈妈病情恶化了,就在她到家当天,她妈妈去世了。第二天,卢丝早产,生下一个男婴;婴儿很瘦小,看着就让人觉得可怕,看着婴儿的样子,她觉得很难受。

　　尽管这样,孩子还是活下来了。

　　卢丝说她已经结婚,但是不能照看孩子,便放在邻居家里寄养,那家人已经答应帮她照看。

　　卢丝又重新回到了农场。

　　不过,她那颗饱经沧桑的心中萌生了一种新的爱;而她对那个弱小生命的爱,很快成为了一种新的痛苦,因为她和孩子分开了。

　　折磨她最严重的,就是这种母爱,一种发自心底的爱和渴望,她每天都想孩子。

　　周围的人都说她一定有了爱人,并问她那小伙子长相怎么样,家境好不好,什么时候结婚,什么时候生孩子。听了这些话,她简直快疯掉了,常常躲到角落里痛哭。

　　她要把这些烦恼都抛开,因此拼命不让自己空闲,她要为孩子挣钱。

　　她决定努力干活,迫使雇主给她增加工钱。

　　就这样,她一个人揽了好几种活,一个女佣因此被辞退,既然她那么能干,别人不就是多余的吗? 而且她处处节俭,对生活一向精打细算。花主人的钱,她也一样舍不得。她还善于讨价还价,因此,所有管家的事都由她一人包了,不久她就成了这个家里不可缺少的人。由于她的帮助,农场越办越好;方圆几公里,大家都在谈论“瓦兰师傅的女佣”的大名;农场主也说:“像她这样的姑娘,真是万里挑一。”

　　可是,过了很久,她的工资还是那些。她这样努力,仅仅被认为是一个好女佣的表现。她想起这些事很伤心;每月,她能为主人节省很多钱,可她的工资却不涨。

　　她决定要求加薪。有几回,她去找主人,可是她总是不知从何说起。她总不好意思张嘴,总觉得这是大逆不道的行为。终于有一天,她见主人单独在厨房里吃饭,便吞吞吐吐地说出了她的想法,主人吃惊地看着她。她立即乱了阵脚,

忙说要请一周的假回家一趟,主人马上就同意了,并且说:"等你回来,我们再好好谈谈。"

孩子八个月了,她都有点儿认不出来了,孩子长得胖乎乎的,十分可爱。卢丝猛地扑了上去,拼命地吻着孩子,把孩子吓得哇哇直哭,她也伤心地哭了,因为孩子不认识她。

可是,孩子很快就熟悉了她的脸庞,见了她就笑。她带孩子到田野,举着他发疯一般地奔跑,然后他们坐在树荫下,她第一次向别人打开心扉,虽然孩子根本听不懂,她还是对孩子倾诉自己心中的一切。

她给孩子洗澡、穿衣服,在做这些事时,她从中得到极大的快乐。就连给孩子擦屎擦尿,她都觉得幸福,好像这种悉心照料才足以证明她是母亲。她仔细看着孩子,然后把他抱在怀里,喃喃道:"我的小乖乖,这是我的小乖乖。"

她是一路抽泣着回到农场的,刚一回来,主人就在屋里喊她。她走进去,又惊讶又激动。

"坐下吧。"农场主说。

她坐下了,两人都显得十分窘迫,胳膊也不知往哪里放,并且谁也不看谁一眼,简直就是乡下人见面的那种样子。

农场主是个胖子,丧偶,今年45岁,性情开朗又倔犟,今天他一反常态,明显地不自然。他决定开口了,但是不敢正视对方,眼睛望着远方,说话吞吞吐吐,好像心不在焉的样子。

"卢丝,"他说道,"你不想有个家吗?"

卢丝的脸色顿时惨白,跟死人一般。他见她不说话,又说:

"你是个好姑娘,规矩、勤劳、节俭。谁要是娶了你可真走运。"

卢丝仍旧一动不动,像大祸临头那样,眼神惊恐,思绪混乱,甚至不想听对方的解释,主人停了一会儿,继续说道:

"你是知道的,这里不能没有女主人,哪怕有一个像你一样的女佣也可以啊。"

他什么也不说了,而卢丝惊慌失措,就好像面对一个杀人凶手,稍有危险就要逃走。

又过了一会儿,他又问一句:

"你能接受吗？"

卢丝没头没脑地答道：

"你在说什么呀？"

他忽然说道：

"当然是嫁给我啦！"

卢丝猛地站了起来，随即又瘫倒在椅子上，好像被什么击倒了似的。农场主终于不耐烦了：

"喂，快说，你到底想好了没有啊？"

卢丝大惊失色，一直望着他，接着，眼泪像断了线的珍珠，哽咽着说：

"我不能答应你！"

"为什么？"男人问道，"好啦，别哭了，我给你两天时间考虑。"

他赶紧走了出去。迈出了这一步，他感到轻松了不少，他确信，她明天一定会接受的。这桩婚事，对女方来说意想不到，而对他来说，这是一笔很好的交易，卢丝为他带来的长久利益会超过当地最好的陪嫁。

而且，也不用考虑他们身份的差异，因为在乡下，是人人平等的。农场主也像雇工一样干活儿，雇工有时也会变成主人；同样，女佣也有可能当上女主人，这不会改变他们的生活习惯。

卢丝一夜没睡，她欲哭无泪，毫无力气，她就像行尸走肉一样被一点点地扯碎了。

她理了理破碎零乱的思绪，感到宽慰了一点儿，可是每当她想起可能发生的事，就害怕得心神不宁。

她越想越恐惧，大座钟每次慢悠悠地报时，她都会吓出一身冷汗。她的头脑极不清醒，噩梦一个个接连不断。蜡烛也灭了，这时她的神经开始混乱。这种神经混乱，是乡下人常遇见的，他们会觉得好像是遭到了什么厄运，极力想逃避。

一只猫头鹰叫了起来，她打了个冷战，发疯似的抚摸全身；继而，她就像梦游一样，走下楼去。到了院子里，她趴到了地上，一点点地往前爬，怕被出来的雇工看见，因为快要西沉的月亮十分明亮。她没有打开栅栏门，而是翻过沟沿儿出去，前面就是一片田野，她这才爬起来。她一路往前跑着，不时无意识地尖叫一

声。她那不同寻常的巨影贴在地面,同她一块儿奔逃,有时一只夜鸟在她头上盘旋。农户院里的狗听见她的脚步声,一声接一声地狂吠,有一条甚至跳了出来,追上来要咬她。她突然冲着狗吼叫,把它吓得钻回窝里不敢出声了。

有的时候,还有野兔在这里玩耍,不过,当这个女人像狂妄的狄安娜一样飞奔过来时,这些胆小的动物便都逃跑了。小兔和兔妈妈伏在垄沟里隐蔽;而兔爸爸则撒腿就跑,它那竖起大耳朵蹦跳的身影,在月光下一闪而过。这时候,月亮已经到达世界的边缘,月光照在田野上,就像是天边挂起的巨大灯笼。

星星消失了,几只鸟唧唧喳喳地叫了起来,天色渐渐亮了起来,她喘息着,跑得一点儿力气都没有了,太阳快出来时,她终于停下了脚步。

脚跑肿了,她举步维艰,这时她看到一片水塘:那是一片死水,映着新一天的曙光,血红血红的。她双手捂着脸,一瘸一拐地向着水塘走去。

她坐在草地上,脱下了笨重的鞋子和袜子,将发青的小腿浸入这潭死水。

一股冰凉的快意从脚底传至喉头,她目光呆滞,凝视着这片深水塘,忽然感到一阵头晕目眩,产生了强烈的想沉入水底、彻底解脱的渴望。只要她死了,一切就都结束了。她不再想着孩子,只想安静地死去。接着她站起来,举起双臂,朝水中走去,现在水没到大腿,她再往下走,猛然感到踝骨剧烈的刺痛,又抑制不住地往后退了一步,发出凄厉的惨叫声,原来从她的膝盖一直到脚尖,黑压压地叮满了长蚂蟥。她不敢弄掉它们,只是恐惧地号叫;她的叫声引来一个农民,他草草地包扎了一下她的伤口,赶忙把她送回了农场。

卢丝一直在床上躺了半个月,那天她起床坐在门口,这时农场主来了。

"你是不是答应了,这事就算定了?"

卢丝没有马上回答他,见他目不转睛地盯着自己,才费劲儿地说:

"这是不可能的。"

农场主一听差点儿跳了起来:

"为什么?"

卢丝哽咽了,重复道:

"这不可能。"

农场主怒视着她:

"难道你有了别的男人？"

卢丝羞愧得发抖，断断续续地说：

"或许你是对的。"

这个男人满脸通红，舌头也不灵活了：

"现在你承认了，你这个低贱的女人，那家伙是个什么东西？是个臭要饭的，是个流浪汉，是个穷光蛋，是个饿死鬼？你说说看，他到底是什么东西？"

他见姑娘不吱声，又接着说：

"哼！我是不高兴……让我来说吧，是若望·博度吧？"

姑娘提高声音说：

"不！不是他！"

"那一定是皮埃尔·马尔丹啦？"

"不！也不是！"

他气愤至极，说遍了当地的小伙子，都被她一一否认。可是，他是个粗人，而且非常固执，一定要知道她心中的秘密，就像猎狗一闻到野兽的气味，就用爪子刨土，一定要把野兽刨出来不可。突然，他大叫起来：

"哦！是的，是那个雇工亚科呀；难怪别人说他对你很好，你们说好要结婚的。"

卢丝热血上涌，气喘吁吁，满脸通红，而眼泪却突然枯竭了，泪珠在面颊上很快就干掉了，好像水珠滴落到烧红的烙铁上一样。她大声否认：

"不！不！不是他！不是他！"

"你这话是真的吗？"这个农民狡猾地问，显然或多或少了解到一点儿真相。

卢丝赶忙回答：

"我对您发誓……我对您发誓……"

她正在想要发什么誓，却又怕被神圣的上帝识破了。她的话被打断了："但是，他一直跟着你往角落里钻，一到饭桌上那眼神就想吃掉你，你肯定答应他了，对吧？"

这次，她看着主人的脸：

"这不可能,绝不可能,我向上帝保证,他就是亲自来向我求婚,我也不会同意的。"

她那样子十分恳切,倒叫农场主犹疑起来。他好像自己对自己说:

"这就怪了,发生了什么事呢?你没发生什么不幸,要不然大家都会知晓的。如果没有什么重大原因,一名女佣不可能拒绝主人的。这里面肯定有不可告人的秘密。"

卢丝说不出话了,她吓得气喘吁吁。

农场主又问了一句:"你一点儿都不愿意吗?"

卢丝叹道:"我是不会同意的,主人。"

农场主拂袖而去。

她以为这件事就此完结了,因而这一天在平平常常中度过了,她就像一匹马,一大清早就上了套,拉着脱粒机转了一整天。

她很早便睡下了。

半夜里,有两只手在她的床上摸,一下把她给惊醒了。她吓了一大跳,但是马上听出是主人的声音。他说:"不要害怕,卢丝,是我,想来和你谈谈。"

卢丝先是感到吃惊,接着见他往自己身上贴,这才明白他的来意,于是吓得浑身发抖。自己还睡眼惺忪,光着身子躺在床上,而想欺侮她的男人就在身边,她感到自己孤立无援了。她不愿意,然而她也半推半就,因为她天性淳朴,优柔寡断。她来回躲闪,拼命地躲避他,她的身子也累得微微弯曲,可是这越发激起了他的兽性,变得粗暴无礼。卢丝全身裸露,感到再也无法抵抗,这才停止搏斗,但她觉得很羞耻,用手捂住了脸。

农场主这次得逞之后,就天天晚上来,久而久之,他们就生活在一起了,终于有一天,他对她说要公布结婚。卢丝只能默认了。

卢丝嫁给了农场主后,就觉得掉进了无边无际的黑暗中,永远都走不出来了,她总觉得灾难离她很近,随时都可能发生。她每月去看儿子两次,生活就在平静中度过,渐渐地,她对生活又有了些信心,可是她心里还有一丝阴影。

日子一天天过去,孩子长到六岁。现在的卢丝很是幸福,没想到农场主的心情却不好了。

这两三年他好像害怕着什么，一种隐忧逐渐滋长。吃过晚饭，他还在那里坐着，闷闷不乐，愁眉苦脸，双手捧着头，一颗心受着折磨。他讲话比从前粗暴了，好像对他的妻子也有了不满，跟她说话也恶狠狠的。

有一天，邻居家的小孩来拿鸡蛋，当时卢丝正忙着，对孩子就没好脸色，她丈夫突然过来对她说：

"你难道也这样对待自己的孩子吗？"

卢丝一时语塞，转身回到了屋里，以前幻想的恐惧和担忧涌上心头。

吃晚饭时，丈夫也不愿意理她，好像讨厌她，瞧不起她，好像他终于明白了一切。

卢丝不由得惶恐不安，吃完饭不敢待在家里，她偷偷溜出来，朝教堂跑去。

天黑了，狭窄的殿堂光线昏暗；不过，在一片平静中，圣坛那边传来了脚步声，原来是圣器管理员去点燃长明灯。那一点摇曳的灯光，虽然很暗淡，在卢丝看来却仿佛是唯一的希望。她目不转睛地看着灯火，扑通一声跪倒在地。

随着一阵链条扯动的声响，那盏昏暗的长明灯又吊上半空。接着，石板地响起木底鞋的拖动声，以及拽动绳子的窸窣声。那口小钟将夜晚的三声钟响传进了黑夜中。圣器管理员要离开的时候，卢丝慌忙赶上去，说道：

"神甫在不在？"

管理员说：

"我想在的，他总是在这个时候吃饭。"

于是，卢丝神情紧张地推开神甫住宅的栅栏门。

神甫正在吃饭，他马上起身让座，说道：

"噢，是您啊，我知道了，您的来意，您丈夫已经告诉我了。"

可怜的女人差点儿摔倒，神甫又说道：

"您想我怎么帮您呢，我的孩子？"

他快速地喝汤，汤水溅落在教袍上。

卢丝还能说些什么呢，她什么也不敢说，神甫见她要走，对她说："勇敢点儿……"

卢丝浑浑噩噩地走了。

她走回家，却不知道应该干些什么。农场主等着她；在她去教堂的这会儿，其他的人都已经干活儿去了。她扑通一声跪倒在他面前，涕泪横流，哀求道：

"我到底做错了什么？"

她丈夫大声地嚷道：

"怪你什么？你还有脸来问我，你知不知道，母牛不下犊子就不值钱。"她反驳说，这根本就不关她的事，丈夫的态度总算缓和了一点儿。

从那天开始，卢丝心中只有一个目标，那就是生个孩子，可是丈夫和自己使尽了浑身解数也无济于事。

一位教师给了他们一个建议，并说绝对错不了。可是，还是无济于事。

神甫让他们去费冈朝拜圣血，卢丝也不辞辛劳地去了。在教堂里膜拜，她的愿望和别人的心愿交织在一起，她请求上帝再让她怀一个孩子。然而无济于事，于是她想这是对她之前所犯错误的责罚，她感觉十分痛苦。

由于心情压抑，她变得消瘦；她丈夫的白头发越来越多，随着希望一次次落空，他们的心也渐渐承受不住了。

这样，他们的矛盾与日俱增。丈夫骂她、折磨她，成天找她的碴儿，就连晚上睡觉都不放过她。

一天夜晚，他实在想不出该怎么侮辱她，就吩咐她起床到门外淋一夜的雨。卢丝不听，他就拼命打她。卢丝也不反抗，他更加疯狂了，跳起来，用膝盖压住她的肚子，牙齿咬得直响。卢丝突然绝望地反抗，用力把他推到墙边，用嘶哑的声音说：

"我是生过孩子的，是亚科的。他说要和我结婚的，可他却抛弃了我。"

丈夫吓了一大跳，他断断续续地说：

"你，你说什么？你在发什么神经？"

这时，妻子已经泣不成声了，边哭边继续说：

"就是这个原因，我才不能嫁给你，就因为这个。当时我又不能跟你说，说了你会赶我走。你根本没有后代，没有，可你太傻了！"

"你有个孩子？"丈夫惊讶地说。

妻子边哭边说：

"是你逼着我嫁给你的；我根本就不愿意，现在你总该明白了吧？"

听了这些话，丈夫起身下床，点上灯，在屋里来回踱步。妻子仍旧趴在床上，呜呜地哭着。

他走到妻子面前，忽然想起了什么似的，说道："照你的说法，我跟你没有孩子，是我的原因了？"对方没有回答。

他继续踱着步，然后又站住，问道：

"那孩子多大了？"

卢丝低声说道：

"已经快六岁了。"

他又继续问道：

"可之前你为什么不说呢？"

卢丝痛苦地低声说：

"这话你让我怎么说。"

他现在不走了。

"好了，好了，我不怪你。"他说道。

卢丝费劲儿地站起来，她丈夫突然放声大笑起来，笑声跟他在快活日子里的时候一样；他见妻子还是手足无措，这才接着说：

"好吧，既然我们没有孩子，那就去接他吧。"

卢丝一听，吓得魂飞天外，如果不是没力气，她肯定会拔腿逃跑，农场主却很高兴，低声说道：

"本来我就想领养一个，现在好啦，现在好啦。我还找过教堂神甫，想领养个孩子。"

他高兴地吻了吻妻子的面颊，见妻子满脸泪水，就高声喊道：

"走哇，你看你那样，去看看厨房里剩下菜了吗？有多少我能吃多少。"

收拾妥当，两人相偕下楼。妻子在厨房里热菜的时候，丈夫已经高兴得手足无措了，嘴里还不停地嘟嚷着：

"嘿，说实话，这是好事，真让人高兴，这是真的，不是说说而已，这是真的！真让人高兴！"

一家子

开往纳伊的小火车刚经过了马约城门,正顺着大路向塞纳河畔飞驰。在火车的轰鸣声中,路上的障碍闻风让路。喷着蒸气的机车真像一个跑得气喘吁吁的人。傍晚的时候,大路上被一天的太阳晒干了的灰尘在空气中飞扬,而大街两旁的居民都在这时出门透透气。

车窗已经被放了下来,窗帘被风吹得上下飞动。车厢里没有多少乘客,因为天气闷热,多数乘客喜欢坐在顶层和外面的平台上。有一些打扮得俗不可耐的胖太太,是住在附近的小市民,她们不懂得什么是高雅,但也来充行家。还有一些坐惯了办公室的先生,因为长时间的伏案工作,他们已经有了职业病,一边肩膀比另一边稍高些。他们神情忧郁的面容,表露出他们有生活的烦恼,时时生活拮据,也表露出曾经的宏愿化为了泡影,加入了贫困潦倒的贫民行列。他们在郊区的垃圾场辟出一块地方安家,过着窘迫的生活。

挨着车门的是个矮胖的男人,大腹便便地随意靠在那里。和他聊天的人细高挑儿,衣冠不整,穿了一套肮脏的衣服,戴着一顶破烂的草帽。那个矮胖子说话吞吞吐吐,犹犹豫豫,有时真像个结巴,他就是哈拉昂先生。那个细高挑儿的小伙子从前在海上当卫生员,后来到了这里,用他仅有的一点儿模糊的医学知识为穷人看病。他叫舍奈,要别人叫他大夫,他的品行在当地也有一些传言。

哈拉昂先生一直过着公务员的生活。30 年来,他总是起早贪黑地上班,每天早晨重复着一成不变的生活,傍晚下班还是如此。

每天,他都要去同一个街口的报摊,花钱买份报纸,再买两个小面包,紧接着走进大楼,那神态活像个犯了罪赶去自首的人,急匆匆地赶到办公室,心里很不安,总是忧虑自己会因为工作中的失误而遭到老板的训斥。

他简单重复的生活从未改变,因为除了办公室的事务,除了奖金和晋升,任何事情他都漠不关心。他早已不在乎嫁妆,他与同事的女儿结了婚,但无论在什么地方,他只谈公事。他的头脑逐渐萎缩且愚钝了,现在除了与部里有关的事情以外,就再也没有其他奢望了。不过,他在工作上的满足感,总掺杂一种难以名状的失望的情绪:那些海军军需官,因为军装上的那道白线而得了"白铁匠"称号的家伙们,一调进部里就当科长或副科长,他们夫妇俩都为此愤愤不平,每天都谈论那些人的命运。

浑然不觉中,一生过去了。他出了校门就跨进机关门,以前他看见就发抖的学监,现在换成了他怕得要死的上司。他笨拙的举止、低声下气的态度和神经质的口吃,都是这种心理恐惧造成的。

他对巴黎的了解程度,还不如一个讨饭的瞎子。他在小报上发现什么伤风败俗的事件或社会新闻,也认为那是专门编造的离奇故事供小人物消遣。他是个奉公守法的人,是没有什么见解的保守派,敌视新生事物,不读有关政治的新闻。不过他看的小报刊载有关政治的新闻时,他一定会被其中的一方收买而歪曲事实。每天傍晚,他总是顺着香榭丽舍大街往家走,望着川流不息的人群和比比皆是的马车,那神情就像是一位游客来到他乡。

就在今年,他工作满 30 年了,1 月 1 日那天,他得到了一枚荣誉团勋章。要知道在这种军事化的机关里,那些被锁在绿皮卷宗里令人同情的人,经过长期而艰苦的劳动(即所谓"竭诚效力")之后,就会得到这种荣誉勋章。这一意想不到的荣誉,使他对自己的才干有了更高层次的认识,同时也使他彻底改头换面。从那以后,他不再穿肮脏的衣服,而是换上黑色礼服,这才配得上勋章宽宽的绶带。同时,他每天早晨都要修饰很长时间,每天洗衬衣,总之,很快哈拉昂便换了一个人,衣冠楚楚,既威严又彬彬有礼,他跻身国家的"勋位团",有这样的仪表

也是应该的。

他每次回到家，就把"我的勋章"挂在嘴上，那种优越感膨胀得有些过分了，他简直不能容忍其他勋章的存在，见了外国勋章更是怒火中烧："不能让他们在我们的国家戴别国的勋章。"他尤其痛恨每天一同乘车的舍奈大夫，因为他佩戴了一枚来历不明的勋章。

从凯旋门到纳伊门这段路，他们总是谈得很投机。今天像每天一样，先谈论他们对本地政府机构的不满，而区长却对此漠不关心。继而，哈拉昂就把话题转到救人上来了，这是同一位大夫在一起时一定会谈及的，他指望通过闲谈，能免费获得一点儿小教益，如果略使手段，还有可能获得一个诊断。并且，近来他母亲的病日益严重，可是90多岁的她却不肯看医生。

母亲年事已高，哈拉昂说到这儿总是深深地为之感动，他不止一次地问舍奈大夫："你能经常遇见如此高寿的人吗？"他乐呵呵地搓着手，这并不是什么孝道，而是觉得母亲的长寿会遗传给自己。

他还说："我们家人都很长寿，因此如果不出什么意外的话，我会活很长时间。"

医生以怜悯的目光看了看身边的人，打量一下对方肥嘟嘟的脖颈、赤红的脸庞、胖腿之间的大肚子，以及他容易中风的软塌塌的圆身材，这才拿起了扣在头上的那顶草帽，嘿嘿一笑，答道："不会吧，老兄，令堂身体那么瘦，而您却胖得像个球儿。"哈拉昂不吱声了，他的心里掠过一阵阵恐慌。

这时，火车进站了，他们下来，去环球咖啡馆喝酒。他们俩常去那里，同老板很熟。老板伸出两根手指，他们俩打了个手势，又走过去，看了看坐在那儿打牌的三位牌友，亲切地问候一番，也少不了问上一句："有什么有趣的新闻吗？"然后，又接着打牌，等这两位走的时候，再与牌友们告别就各自回家了。

哈拉昂住在广场附近，是一座三层小楼，楼下开了一家理发店。

这套住宅有卧室、餐室和厨房。哈拉昂太太的所有时间都花费在打扫这套房子上，而他们的一对儿女，则在大街的某处和那些顽童追打玩耍。

哈拉昂母亲的房间在楼上，她在这一带是有名的小气鬼，而她这个人非常瘦，因此有人说，上帝把她精打细算的原则用到她本人身上了。她爱发脾气，每

天都要与别人吵架。她站在窗前大骂邻居、小贩、清道夫和孩子,那些小孩怀恨在心,一旦她走出家门,就跟在她后面骂她"老妖精"。

有个诺曼底女佣来干家务活,她的粗心大意让人无法置信。她睡在三楼,随时照顾老太太,怕老太太有什么不测。

哈拉昂到家时,他爱清洁的妻子正在擦拭着红木椅子。她总是戴着线手套,脑袋上戴着便帽,帽上缀饰的不同颜色的缎带时时滑落到一侧的耳朵上。她忙得不亦乐乎,遇到人时她总是这么说:"我不是富人,家里陈设简陋,如果说我的财富就是干净了,我觉得这不比别的差。"

她天生就是个务实的人,很有主见,家中大小事务都得听她的。每个夜晚,无论在餐桌上还是在床上,夫妻总要长时间议论办公室的事情。丈夫虽然比妻子大20岁,但就如同向神甫忏悔一样,什么事都一字不落地告诉妻子。

哈拉昂太太毫无姿色可言。她不会化妆,她那有限的女性特征本可以通过穿戴得体的服饰体现出来,但可惜她不擅长,因而也就被埋没了。她的裙子似乎总扭向一边,她还有喜欢抓痒的怪癖。在家里,她总是戴着自以为很漂亮的软帽,帽子上钉得满是彩带,这是她唯一的装饰品。她一看见丈夫回来,就亲热地说:"你想着去波坦店了吗?"(这是他答应过的事。)他惊慌失措,一下子瘫在椅子上,这是他第四次忘记了。"太不走运了。"他说,"太不走运了。这件事我整天都想着,可是没办法,我这记性太坏了。"看他那痛苦的样子,妻子安慰道:"没关系,下次再说吧,今天部里有什么情况吗?"

"有,还是大新闻呢!又有一个'白铁匠'当上了副科长。"

妻子的神色一变,问道:"到哪个科去了?"

"噢,是国外采购科。"

她马上火了:

"这么说,拉蒙的职位被他接替啦?这正是我期盼你能得到的位子。拉蒙呢?退休了吗?"

哈拉昂低声答道:"退休了。"

妻子火冒三丈,软帽滑落下来:

"完啦,看吧,那个鬼地方,现在是毫无指望了,你说的那个军需官怎么

称呼？"

"博纳索。"

她翻阅放在手边的海军年鉴，读道：

"博纳索。——土伦。——1851年出生。——1871年任见习军需官，1875年任助理军需官。"

"他也出过海吗？"

哈拉昂此时情绪渐渐平静下来，兴奋地说："同他的上司巴兰一样，没什么区别。"

紧接着他提高笑声，又提起全部人都拿来开心的老话题："派他们去视察黎明军港，千万别走水路，乘小火轮去，他们会晕船的。"

可是，妻子还是板着脸，就像没听见一样。他慢条斯理地摸着下巴，嘀咕道："要是同议员相熟就好啦！要是议会知道那里发生的全部事情，部长就非下台不可……"

突然，在楼梯上响起了吵闹声，把他的话打断了。玛丽·路易丝和菲利浦·奥古斯特回来了，他俩每上一个台阶，就你打我一个耳光，我踢你一脚。母亲大为恼火，冲过去，揪住两个人的胳膊，将姐弟俩丢进屋里。

两个孩子一下看见了父亲，立刻扑上去。父亲紧紧地搂着他们，然后让他们坐在他膝上，和他们闲聊。

菲利浦是个丑孩子，浑身脏兮兮的，并且一脸的傻相。玛丽·路易丝各方面都非常像她的母亲，甚至同她母亲的丑也很像。小姑娘也问道："部里有什么新情况吗？"父亲心情欢快地回答："丫头啊，你的那个朋友，就是每月都要来吃饭的那个拉蒙，要不在我们这里了，一位新上任的副科长接替了他的职位。"女儿抬起头来盯着父亲，以大人的口吻说道："这么说，你又当跳板了，别人又踩着你升上去了。"

父亲止住笑，没有回答。接着，他向妻子问道：

"妈妈在楼上吗？"

哈拉昂太太不再擦拭，转过身子，将滑到背上的便帽戴好，嘴微微地抖动着，然后说：

"哼,咱们说说你妈吧,她可给我好瞧了!想想看,理发匠的老婆上楼来说家里没有淀粉了,跟我借一点儿,正巧那工夫我不在家,你妈就骂人家是'要饭的',把她赶走了。我一回来就把老太婆训了一顿。她跟平时一样,一受人责备,就好像没有听见一样,其实,她并不比我聋,就是在装相。这样讲有凭证:她不再说话,马上走了。"

哈拉昂听了羞愧不语。这时女佣说晚饭好了,哈拉昂拿起总藏在墙角的扫帚把,往天花板重重地捅了几下,然后一家人到餐室里。哈拉昂太太分好汤,等老太太下来,等来等去,汤都凉了,他们就静静地吃了起来。盆里的汤都快喝完了,他们又继续等。哈拉昂太太可真生气了,就拿丈夫撒气:"我就知道,她是成心找麻烦,你还帮着她。"

哈拉昂感到很为难,只好派孩子去叫奶奶。哈拉昂太太怎么都平静不下来,用餐刀尖戳着酒杯。

门猛地被推开了,孩子脸色苍白,慌张地说:"不好了,奶奶晕倒了!"

哈拉昂一下子跳起来,把餐巾一扔,立刻赶到了楼上。他太太仍以为婆婆在搞恶作剧,轻蔑地耸耸肩膀,然后就若无其事地上了楼。

老太太倒在了屋子中间。儿子将她身子翻过来,她已经面无表情,皮肤成了褐色,身体似乎已经僵硬了。

哈拉昂立刻赶到了她身边,叫道:"我可怜的妈妈呀!"

不过,哈拉昂太太仔细看了一会儿,肯定地说:"不用担心,没事儿,她就是不想让我们吃饭。"

他们把老太太抬到床上,脱了衣裳,女佣和夫妇两人一起给她按摩身子,费了好大劲儿,也不见她清醒过来。于是,他们打发女佣去请舍奈"大夫"。他住在河边,路挺远,等了好长时间他才赶到。他查看了一下,又拍了拍老太婆,然后高声说:"人不行了。"

哈拉昂大哭起来,他拼命吻着母亲僵硬的脸,大颗大颗的眼泪,就像下雨似的落在了老太太那长满皱纹的脸上。

哈拉昂太太表现出适度的哀伤,她在丈夫身后,使劲儿地擦着眼睛,轻声哭着。

哈拉昂稀疏的头发也乱了,脸愈显肿胀,那种样子非常可怕,他猛然站起来:"是这样吗,大夫,您说的是真的吗?"

大夫赶紧走过去,就像商人夸耀自己的货品一样,以内行的熟练动作摆弄尸体,说道:"喂,老兄,你看看这眼珠嘛。"他动了动老太太的眼睛,瞳孔已经放大一点儿了。

哈拉昂就像挨了一刀一样痛苦,内心很是恐惧,这种恐惧传遍了他的周身。舍奈先生马上抓住老太婆的胳膊,掰开了她的手指,就像是一个顾客在贬低他的货物,气冲冲地说道:"你看看这手,你就放心吧,我不会看错的。"

哈拉昂又在床上哭闹,声音就像牛在撒吼。这工夫,她太太一边装作伤心的样子,一边料理一些必须做的事情。她将床头柜挪过来,在上面铺上了一块餐巾,放了四根蜡烛,再从壁炉上面取下吊在镜子后面的那根横木,摆到了桌上的一个盘子里。盘子里没有圣水,只有清水,她稍微想了一下,捏了一点儿盐放进去,就当临终圣事了。

她把一切都弄好以后,就站在那儿不动了。大夫刚才帮她摆东西,这时小声对她说:"应该拉走你丈夫。"她点了点头,走到正在伤心的丈夫身边,劝解他,并且同舍奈先生一同搀起了他。

他们两人把他扶到椅子上,她继续劝他。大夫也从旁帮忙,劝他要振作起来,要坚强,要节哀,说的那些话,都是人在遇难时办不成的,然后就搀走了他。

他就像个无助的孩子,软弱无力,只是机械地迈着脚步下楼,却毫无目的。

他们扶着他坐到了饭桌前,桌上仍旧放着那碗剩汤。他坐在扶手椅上一动不动,眼睛一直看着酒杯,脑海里什么念头都没了。

哈拉昂太太正在向医生打听办丧事的过程。舍奈先生好像盼望着什么事,最后,他抓起帽子,躬了躬身表示要走。哈拉昂太太大声说道:

"怎么,您不在这里吃饭吗?有什么吃什么,不用客气。"

大夫谢过她的好意,但哈拉昂太太坚持要他在这儿吃,并说道:

"您说这话就太客气了,尤其是在这个时候,有朋友在这儿就会好过得多。再说,您帮我劝一劝我的哈拉昂,让他吃点儿东西,他现在这样很虚弱。"

大夫听了这话,就将帽子放到桌上,说:"既然这样,我只好留下了。"

哈拉昂太太向罗萨莉吩咐几句话,也一起坐到饭桌前,说要"陪一下大夫,也要装样再吃一点"。

他们又喝了点儿汤,舍奈先生又添了一次,接着端来一盘牛肚,散发出一股香味,哈拉昂太太也想尝一尝。"真不错。"大夫说道。哈拉昂太太说:"是吧?"然后扭头又冲着丈夫说:"你快吃点儿吧,肚子里没东西是不行的。"

哈拉昂面无表情地吃起来,现在他们说什么是什么。

大夫自己往盘子里添了几次,哈拉昂太太则用叉子叉一块牛肚,装作心不在焉的样子吃下去。

这时又端上来一盆空心粉,大夫说:"这可是好东西。"这回,哈拉昂太太给他们各分了一份,连孩子的碟子都装满了。两个孩子吃了起来,并且还在桌子下面互相踢着。

舍奈先生一看见通心粉就说道:"嘿!还挺合适,我们可以作一首诗吗?"

谁还有工夫听他说,哈拉昂太太忽然想到还要考虑今后的事,而她的丈夫却将面包搓成球,然后盯着发呆。他口渴得要命,频频喝着酒,经过这件事之后,他由于悲伤过度,致使方寸大乱,现在又喝多了,头脑更加混乱。

丈夫忠厚坦诚,喝起酒来像疯了一样,显然已经醉了。哈拉昂太太心烦意乱,这是喝酒的反应,尽管她只喝了清水,可是还有些迷糊。

舍奈先生开始讲述那几家死了人时的景象,按他的说法简直荒唐透顶。因为在巴黎附近的郊区,住的全是外地来客,他们还保留着乡下人对死亡的淡漠态度,就算死的是父母双亲也是如此——那种不恭,那种下意识的残忍无情,在乡下极为普遍,而在市里则十分罕见。他说道:"喏,上个礼拜,普托街来人请我去。我匆匆赶去,一看病人已经死了。可是那户人家,却在床榻旁边、悠闲地喝着酒,根本不把死者放在心上。"

然而,哈拉昂太太一直在想别的什么事,她一直在想关于遗产的事。哈拉昂则头脑一片空白,什么都听不懂了。

咖啡端上来了,为了提神,咖啡煮得很浓,每一杯又掺了白兰地,喝下去之后,他们醉得更加厉害了。

最后,大夫又迅速地拿起酒瓶,给每人倒上一点儿白兰地洗洗杯子。他们相

对无言,慢慢地品尝加糖白兰地在杯底形成的黄色甜浆,一个个沉浸在消化所产生的温馨之中,就像动物一样,不由自主地陷入酒的幻想之中。

两个孩子睡着了,罗萨莉抱他们上床去。

这时,哈拉昂同所有痛苦的人一样,想要忘掉一切,又一连喝了几杯白兰地,终于让自己呆滞的眼睛放出了光亮。

大夫最后起身要走,他抓住朋友的胳膊,说道:

"和我一同出去吧,呼吸新鲜的空气对你有益,如果一个人有了烦恼,应当出去散散心。"

对方听取了他的意见,穿戴整齐后走出了房门,两人相偕走向塞纳河。

夜晚微风徐徐,传过一阵花香。这个时节里,这一带的花园都鲜花盛开,而鲜花的芳香似乎在白天都沉沉睡去,只有在晚上才醒过来似的,开始释放,随着清风弥散到夜色之中。

宽阔的大街上空无一人,只有一排排的街灯,一直延伸到凯旋门。巴黎那边雾气笼罩,传来市井的喧闹之声,好似一种持续不断的声响,回应着远方传来的火车的鸣笛。那是一列开足马力的火车,在田野间飞驰,或者穿镇过省,朝大西洋畔驶去。

户外轻风拂面,两个男人一时感到十分意外,医生几乎失去平衡,而哈拉昂吃晚饭时就神情恍惚,这时更厉害了。他恍若在梦中行走,思维迟钝,手脚不灵活,精神处于麻木状态,没有痛苦,也没有悲哀,再加上夜晚扑鼻的清香,他反倒觉得轻松了。

他俩走到了桥头,然后朝右走去。隔着一排高高的挺直的白杨树,河水在那里忧郁而平静地流着,星星仿佛在河中游泳,顺着水波飘荡。对面堤岸上飘着一层白雾,给呼吸送来一股湿润的空气。哈拉昂戛然止步:这种空气让他一惊,把他的记忆重新点燃了。

他突然又看见了母亲,还是他童年记忆中的样子,在遥远的庇卡底,弯腰跪在家门口,在小溪边清洗一大堆衣物。恍惚间,他又听见僻静的田野里回响起母亲的喊声和棒槌声:"阿弗雷德,给我拿块肥皂来。"此刻,他又嗅到小溪边流水的味道,笼罩在湿润土地上的一样的薄雾,沼泽地的水汽味道,这一切都围绕着

他,在母亲去世的晚上,他又闻到了。

他呆住了,那种失落的感觉围绕着他,就像闪电似的照亮他的不幸。这阵浮荡的气息把他投进了无从慰藉的黑色痛苦深渊之中。他的心彻底破碎了,他的一生也出现了转折点,他的年轻时代结束了。"以前的一切"完全结束了,年轻的记忆全都成了过眼云烟,再也没人和他追忆往事,谈谈他从前熟知的人和他过去的一切。他的一部分已经不在了,另一部分也在慢慢地死去。

一件件往事浮现在脑海里,他又看见年轻时的母亲,身上那套旧衣裙穿得太破了,仿佛同她合为一体。他又在早已遗忘的一幕幕中见到母亲,重温她的外貌,她的举止、声调、习惯、愤怒、脸上的皱纹、瘦手指的动作、癖好,以及她那惯有的姿态。

于是,他紧紧抱住大夫,恸哭起来。他浑身直哆嗦,整个胖身子随着抽泣而颤动,结结巴巴地说:"妈呀,我可怜的妈妈呀!"

然而,他的同伴一直醉着,正琢磨着到他常常偷着去的地方消磨这个夜晚,见他又痛哭流涕,就失去了耐心,便扶他坐到河边的青草上,随便找了个借口,抛下他独自一人。

哈拉昂哭了很久,泪水已流干了,可也哭了个痛快淋漓,他又感到久违了的轻松。

月亮升起来了,光华洒满大地。高高耸立的白杨银光闪闪,田野上的雾气飘动着。河面上没有星星,但似乎铺了一层珍珠,不息地流淌,微微泛起波澜。空气和煦,微风香甜,大地平静了下来。哈拉昂吮吸着夜色的温馨,大口地呼吸着,他现在感觉到清爽、宁静和无比的宽慰。

不过,他还是尽力抵制这种涌来的愉悦感,一遍遍重复着:

"妈呀,我可怜的妈妈呀!"

他用良知来警告自己,可是无论如何竟再也悲伤不起来了。

接着,他站起身,平静地往回走去。

站在桥头,他看见要驶出的末班小火车的灯光,看见环球咖啡馆背面透出亮光的窗户。

他忽然有一股向别人诉苦的冲动,想引起别人的注意。于是,他哭丧着脸,

走进咖啡馆，只见老板还像往常一样守着柜台。他走过去，原以为别人见了他那情形，都会立即起身，迎向他，朝他伸出手，并且问道："咦，你这是怎么啦？"可是没有一个人注意到他脸上哀伤的表情，他只好做出痛苦的样子，小声嘀咕："噢！上帝啊！上帝啊！"

老板看了他一眼，问道："您生病了，哈拉昂先生？"

他回答说："我没有病，我亲爱的朋友，是我母亲不幸去世了。"

对方答非所问地"唔"了一声，此时，咖啡馆里有顾客嚷道："来杯啤酒！"老板马上朗声答应："来啦！……马上就好。"他马上去送酒，只留下呆在那儿的哈拉昂。

三位牌友还在那张桌上专心致志地打牌。哈拉昂凑上前去，想引起他们的注意。可是，他们似乎都没有发现他，于是，他直接对他们说道："我可倒了霉，遭了大难了。"

三位牌友都向他微微抬头，但是目光依旧看着手中的牌。"哦，发生了什么事？""我母亲去世了。"他们中的一个说道："唔，真糟糕。"完全是虚情假意的悲伤。第二个人想不出什么话好讲，伤感地嘘了一声。第三个人的注意力根本就没在他身上，心里分明在说："嘿，就这么点儿小事啊！"

哈拉昂希望博得他们的一丝同情，可是他失望了，他们的冷漠使他越发痛苦了，他只好愤然离开这里。

他夫人穿着睡衣，坐在靠窗的椅子上，正算计着遗产分配的事儿。

"快点儿睡吧，"他太太说道，"和你商量点儿事。"

他抬起头，看了看天花板："但是……楼上……已经没有人啦。"

"怎么会呢，罗萨莉就守在那儿，你先小睡一会儿，凌晨三点钟去接她的班。"

不过，他作好了一切准备，没有脱衣服，头上又扎了一条围巾，随后躺在床上。

夫妇两人并排坐了一会儿。哈拉昂太太仍然在想那件事。

现在，她还戴着鲜艳的睡帽，帽子稍稍歪向一侧耳朵，仿佛这是一种永不变更的习惯，她戴什么帽子都是如此。

她忽然问哈拉昂："你妈生前立过遗嘱没有？"

哈拉昂不太肯定地答道:"好像没有吧……她绝对没有立过。"

哈拉昂太太怒视着丈夫,恼火地低声说道:"喏,你妈也太不近人情了,我们供她吃,供她住,辛辛苦苦养了她十年!你妹妹却没有,我早知如此,也绝不会这么干的!真的,她死了也不安生!你也许会对我说,她也交了钱,这不假,可是,照顾老人,拿钱是还不完的,应当立在遗嘱里。有头有脸的人都是这么办的。我这可好,白忙乎,辛辛苦苦了一场,白费力!"

哈拉昂惊慌失措,反复劝道:"亲爱的,别这样,求你了。"

哈拉昂太太发作完了之后,情绪慢慢平静下来,恢复了往日的语调,又说道:"明天上午,记住通知你妹妹。"

哈拉昂一下跳起来:"是啊,我怎么把她给忘了。天一亮我就去邮局发电报。"

哈拉昂太太阻止他,以世故的口吻说道:"你不用心急,尽量晚点儿通知她,在她到来之前,咱们先安排好一切。从夏朗东赶到这里,最多两个小时的路程。我们可以说你过于悲伤而昏了头。反正不会耽误太长时间的!"

这时,哈拉昂好像忽然想起了什么,他声音颤抖地说道:"还应当向部里说一声。"

他妻子答道:"为什么要这么做呢?遇到这样的事,就是忘记告诉一声,也是可以原谅的。听我的,别跟部里讲了,你那科长,这回非得好好教训他一下不可。"

"哦!就听你的,"哈拉昂说道,"他见我没去上班,一定会大发雷霆的。嗯,你说得对,这主意太好了。等我一向他宣布我母亲死了,他就非得闭上那张嘴不可。"

能玩这种把戏,这个科员兴奋异常,边搓着双手边想象科长的神情。而在楼上,女仆躺在老太太的遗体旁边,这时已经进入梦乡了。

哈拉昂太太忽然间心事重重,理不清思绪似的,又没法开口,最后,她终于横了心:"有一口座钟,就是那个少女拉球的,你母亲说送你了,是不是?"

哈拉昂回忆了一会儿,答道:"对,她对我说过,可那是很早以前的事了,还是她刚到这里的时候,她跟我说:'如果你把我照顾好了,我就把它送给你。'"

哈拉昂太太悬着的心终于放下了，眉头舒展了："要是像你说的这样，喏，那就应当搬过来，你要清楚，你妹妹一来，咱们就不能动了。"哈拉昂迟疑地说道："你这么想的吗？……"妻子恼怒了："我当然这样想了：只要偷偷地搬到这儿来，那就属于咱们了。在她房里还有一个五斗橱也得归我们，有一天她高兴，说是给我了，我们一起搬吧。"

哈拉昂好像不信她的话，他认为妻子这样做很不合适，可是她却怒气冲冲地骂他没用。她还余怒未消，仍旧冲他大喊大叫："那个五斗橱，既然给了我，就是我们的了，如果你妹妹不知趣，那就让她冲我来吧！我才不在乎是谁呢。好啦，起来吧，你马上去搬你妈留下来的东西。"

哈拉昂无话可说，哆嗦着下了床，刚要穿裤子，又被妻子拦住："别麻烦了，就这样吧，喏，我也去吧。"

夫妇两人穿着睡衣，慢慢登上楼梯，小心谨慎地打开门，走进老太太的房间。只见老人僵硬地躺在那里，盘子里浸着黄杨木，周围点了四根守灵的蜡烛，而罗萨利早已进入了梦乡，她躺在扶手椅上，身子偏向一边。

哈拉昂抱起座钟，这是件古怪的东西。钟上有个镀金的少女像，头上点缀着鲜花，手中拿着钟摆。

"我拿这个吧，"他妻子说，"你去搬五斗橱的大理石面。"

他照妻子的话去做了，喘着粗气，费了很大的劲儿，才把大理石面背到肩上。

然后，夫妇两人向外走，出门时，哈拉昂必须弯下腰，然后颤颤巍巍地下楼；他妻子则倒着走，一只手抱着钟，另外一只手也不闲着，挑着灯给他照明。

回来之后，哈拉昂太太才长出了一口气，说道："最要紧的办好了，去把剩下的拿过来吧。"

但是，五斗橱的抽屉里全是老人的衣服，要找一个隐秘的地方藏起来才好。

哈拉昂太太有了主意："门厅里刚好闲着个箱子，你去搬来，放这些东西再合适不过了。"

他们把老人的那些东西整整齐齐地放进了箱子里，以便蒙骗布勒太太——

哈拉昂的妹妹。

衣物收拾完了，他们先把抽屉搬下去，然后又合力抬那个五斗橱。两人想了半天，也不知道摆到什么位置更恰当，最后还是放到卧室，摆到床对面去了。

五斗橱刚放好，哈拉昂太太立刻就把自己的物品摆了进去。座钟摆在餐厅里的壁炉台上，夫妇两人欣赏了一下效果，都觉得满意。"这样不错。"妻子说道。丈夫接口道："嗯，好极了。"夫妻俩这才上床睡觉。妻子吹灭了灯，不久，这座三层小楼就寂静无声了。

当哈拉昂醒来的时候天已经大亮了，他脑子还迷迷糊糊的，过了几分钟才想起家里发生的大事，他猛然间像被重重挨了一拳，又开始悲痛起来。

他赶紧去看罗萨莉怎么样了，发现她还在睡着。他打发女佣干活，自己则动手更换燃尽的蜡烛，再细看他的母亲，头脑转悠着那些表面上看来难以理解的思想：正是这种哲学和宗教的世俗之见，扰乱了那些头脑简单且面对着死者的人的大脑。

就在这时，妻子叫他下去，她已经把上午该办的事都列在清单上了，他接过单子一看，不禁吓了一跳，他挨个儿看下去：

1.到政府进行登记；

2.医生验检；

3.定做棺木；

4.去教堂祈祷；

5.殡仪馆安丧；

6.到印刷所印讣告信；

7.见公证人；

8.打电报通知亲属。

除了这些，还有很多琐事要办，于是他匆忙地出门去了。

与此同时，消息不胫而走，邻居们开始登门，看死者的遗体。

在理发店里，正在工作着的理发师，为了这事儿还差点儿和妻子吵上一架。

妻子一边做活儿，一边低声嘀咕："又少了一个，少了一个地地道道的小气鬼。老实说，我们很合不来，不过还是应当去瞧瞧。"

丈夫一边干活儿，一边咕哝道："你看看你看看，全是奇怪的念头！只有你们才想得出来。她们活着的时候不让你安生，死了还不让你好过。"

妻子倒也不生气，接着说道："我无论如何也得去看看她。从早晨开始，我就想着这事，我觉得若是不去的话，恐怕这一辈子都不会心安。等仔细看过她的遗容后，我就了却一桩心事了。"

理发师耸耸肩膀，压低声音对那位刮脸的先生说："我倒想问您一下，这些女人，您说怎么总有这些令人费解的念头，去瞧一个死人，这种事打死我都不会做的！"

他妻子听他这么一说，也不急也不恼，又说道："就是这样子嘛，你说得没错。"说着，她把手头的活儿放下了，径直向楼上走去。

已经来了两个人了，哈拉昂太太正同她们详细介绍这件不幸事情的经过。

她们向灵堂走去。四个女人小心翼翼地走进去，挨个儿蘸了点儿盐水洒在衾单上，接着跪下来，一边画十字，一边喃喃祈祷，继而站起身来，久久地凝视遗体。这时候，哈拉昂太太用手帕捂住脸，装作哭得痛不欲生。

她刚要离开这里的时候，发现玛丽和菲利浦站在门口，姐弟俩只不过觉得好奇，母亲顾不上装腔作势了，气势汹汹地叫他们快点儿离开。

过了不一会儿，她又陪同另外一拨儿，又做了一遍刚才的惺惺作态，发现两个孩子又跑来了，就打他们两下子。不过，到了第三次，她就不再注意了。每次有人来探望，两个孩子总跟在后面，专心致志地模仿母亲的每一个动作。

过了中午，来探望的女人就减少了，过了不久，就再也没人了。哈拉昂太太回到房间，又得马上为丧礼作好一切准备，死者只能孤零零地躺在楼上。

房间里闷热干燥，四支蜡烛的火苗被风吹得一闪一闪的。尸体纹丝不动，但是在衾单、双目紧闭的脸上和露在外面的两只手上，却爬着许多小苍蝇，它们你来我往地拜访这个老太婆，也等待着自己的末日。

就这么一会儿，菲利浦和玛丽又出去上街玩儿了。不久就有一帮小伙伴围住他俩，尤其是女孩，她们的嗅觉很好，马上就能发现生活中的秘密。她们就像

大人似的问道："你奶奶去世了吧？""对，昨天晚上死的。""去世的人是什么样了啊？"于是，玛丽就对大家解释，讲到黄杨木、蜡烛、死人的面部表情。他们听完后，都十分好奇，也想去看看去世的人是什么样子。

玛丽立刻挑好了人，他们都是有胆量且年龄最大的。她要他们脱掉鞋子，以免让人发现。这伙孩子偷偷进了小楼，好像一支老鼠的队伍。

一溜进屋里，小姑娘便模仿大人的样子，按吊丧的仪式进行。她认真地带领着这些小孩，开始祷告，接着是洒圣水。然后他们推推搡搡地去看死尸。他们怀着恐惧和好奇的心情看着这死去的老人，这时，玛丽也假意哭了起来。可是，她想起还有另一拨人需要她接待，悲伤顿时排解了。她迅速地送走这一拨人，又带上来另一拨孩子，然后又是第三拨。总之，这一带的所有小孩，甚至连脏兮兮的小乞丐，也都争抢着到这儿来尝尝这新奇的乐趣。而玛丽每次都演同样的把戏，同她母亲做的简直像极了。

时间一长，她累了。孩子们也都出去玩儿了。老祖母又是孤零零一个人，没有人会再想起她。

晚上，哈拉昂上来关好窗子，重新点好蜡烛。这次他进屋，神态很安详，就好似尸体停在那里已经很长时间了，他看着习以为常了。他甚至注意到尸体还没开始腐坏，并且吃晚饭的时候，他还把这一发现告诉了妻子。妻子答道："不错，她真是块食古不化的木头，恐怕一年也坏不了。"

他们喝汤的时候，都闭上了嘴。两个孩子疯玩儿了一整天没人管，实在又困又乏，坐在椅子上开始犯困。全家人都一言不发。

灯光忽然暗了下来。

哈拉昂太太调试灯芯，可是油灯没有油了，吱吱地响了一会儿，然后一切都被黑暗笼罩了。家里居然没有灯油啦! 到杂货铺去打油吧，又太麻烦了，还是找几支蜡烛吧。不巧别处的蜡烛也用完了，只有楼上床头柜上还有几支。

哈拉昂太太一向当机立断，她立刻叫玛丽上楼去拿蜡烛。大家就在黑暗中等着。

小姑娘上楼的脚步声在这寂静的黑暗中显得格外清晰，继而又是一阵死寂。接着，她急匆匆地冲下了楼梯，推开房门，惊慌失措的表情比头天晚上还要

可怕,她吓得气喘吁吁地说:"爸爸,奶奶正在穿衣服呢!"

哈拉昂吓得一下子跳起来,已经说不出完整的话了。

而玛丽则吓得六神无主,她又重复着:"奶……奶……奶奶在穿衣服……马上要下来了。"

夫妻俩吓傻了,猛地冲到楼梯口想看个究竟。不过,到了三楼房间的门口,他又冷静下来,心中满是恐惧,不敢进去了。他会看到什么状况呢?他太太比较胆大,扭动门把手,走进房间。

昏暗的房间里,有个瘦高的影子在晃动。老太太站在地上。她只不过是一时的昏迷,在完全恢复神志之前,她用一只胳膊肘撑起,把点在灵床边上的蜡烛吹灭了三支。然后等恢复了气力,她就下床找衣裳,却没看见五斗橱,觉得有些奇怪。不过,她找到自己的衣物就穿起来。她倒掉盘子里的水,把黄杨木挂上,把椅子搬到原位,刚想到楼下去,她的儿子和媳妇就上来了。

哈拉昂冲过去,抓紧了母亲的双手,眼泪就掉下来了。他妻子站在身后,虚伪地反复说:"真是大喜事啊,这可真是大喜事呀!"

可老太太却表情木然,就好像不知道出了什么事,她身子像石雕一样呆立着,眼神冷冰冰的,只说了一句:"晚饭做好了吗?"儿子糊涂了,结结巴巴地答道:"准备好了,妈,我们等着你呢。"接着,他一反常态,亲热地挽住母亲的胳膊,而她的妻子则举着蜡烛给他们照亮,就像是他们扛大理石时照的一样。

到了二楼,她差点撞着正在上楼的人,原来是亲戚到了。

布勒太太又高又胖,挺着大肚子,上身朝后仰着,她惊恐地睁大眼睛,想马上就逃跑。他的丈夫个子很矮,胡须长了满脸,就像一个老猴儿。他信奉社会主义学说,他既不紧张也不害怕,只是压低声音问着老太太的情况。

哈拉昂太太认出是他们,就狠命地使眼色,故意大声说道:"咦!怎么……你们来啦!真是意外啊!"

可是,布勒太太吓昏了头,没听明白她的意思,低声答道:"是你们发电报催我们赶紧来,我们还以为人过世了呢。"

她丈夫在背后捏了她一下,不让她说下去。接着,他面带故意掩饰的奸笑,补充说道:"承蒙你们盛情,我们很快就过来了。"这话也道出了他们之间长期存

在的不友好。等老太太下到最后两级，他赶紧迎上去，用满是大胡子的脸贴着她的面颊，又在她的耳边大声喊道："你好吗？母亲？"

布勒太太本是来奔丧的，不料却看到人活生生的，一时惊诧不已，甚至不敢靠近她。而她挺着大肚子，刚好把楼道给堵死了，别人根本无法走路了。

老太太好像看出了什么，但什么也没说，她扫视周围的每个人，那敏锐而冷峻的眼神，在他们身上一一扫过，头脑里显然意识到了什么。

哈拉昂想调节一下气氛，说道："妈妈本来有点儿不舒服，现在过去了，完全好了，是不是这样，妈？"

这时，老太太继续往前走，并以微弱的仿佛从很远的地方传来的声音回答："是昏过去了一段时间，但那个时候，你们做什么我都听得见。"

接着又是一片寂静。他们走进餐室，坐下来，吃了一次让人大倒胃口的晚餐。

唯独布勒先生非常冷静。他的脸就像大猩猩一样怪里怪气，一开口便话里有话，让人下不了台。

而这时门铃还总响，罗萨莉不知该怎么办，来找哈拉昂，于是，他扔下餐具，赶紧去了。他妹夫挖苦他，询问今天是不是他会客的日子。他呆呆地答道："不是，没什么，只是一些琐事。"

后来，又有东西送来了，哈拉昂急忙打开一看，居然是一张讣函。他的脸立刻就红了起来，马上将它包上，装进了西服的背心里面。

母亲没有发现他的这个动作，她紧盯着她的座钟：现在摆在壁炉台上，那个棍球还摆动着，在这种沉默中，大家十分尴尬。

老太太转过她那布满皱纹的脸，眼里闪现出狡黠的神色，对女儿说："下星期一，我想见一见小丫头，你把她带来吧。"

布勒太太马上喜形于色，高声答应："好的，妈妈。"哈拉昂太太顿时脸色苍白，急得差点儿死过去了。

这时，两位先生为了一点儿小事争论上了。布勒拥护共产主义学说，他显得很激动，那双眼睛在长满胡须的脸上炯炯发光，大声说道："说起财产，先生们，那是从老百姓那儿抢来的——土地是大家的土地——继承遗产是很不道德的

事!……"但他猛地停住了，就像一个人说了蠢话似的，继而，他口气温和了一些，补充说道："也许现在还不是说这个的时候。"

房门被推开了，舍奈大夫走了进来。当他看到这种情景时，呆住了，但马上又清醒过来了，他走到老太太面前，说道："哈，哈！大妈！今天还不错嘛。唔！我就猜到了，就在上楼的时候，我心里还嘀咕：她老人家准又起来了。"他抚摸着老太太的后背，又说道："这身板儿，这么结实。等着瞧吧，她会参加我们的葬礼的。"

接着他就加入了争论的行列。他同意布勒的意见，因为他本人就曾被一桩案子牵连。

就在这时老太太感到很累了，要回房间去。哈拉昂忙去搀扶，可是，母亲盯着他，说道："你呀，马上把座钟和五斗橱给我搬回楼上去。"接着，不等儿子说完一句"好吧，妈妈"，她就在女儿的陪同下回房去了。

这时候，哈拉昂夫妇很是惊慌，竟说不出什么来了。而布勒则十分得意地搓着双手，抿着咖啡。

突然，哈拉昂太太忍无可忍，她怒不可遏地冲向布勒，并大声叫道："你是个盗贼、恶棍、无赖……我真想啐你的脸，我真想……我真想……"她实在找不出更合适的词儿来，气喘吁吁地抖着。可是，布勒却得意地喝着咖啡，一直笑眯眯的。

正在这时，布勒太太回来了。于是，她又冲小姑子去了。这对姑嫂，对比鲜明，一个高大肥胖，气势咄咄逼人，另一个则瘦小枯干，弱不禁风，两个人怒火中烧，声调都变了，你一句我一句，大骂不止。

舍奈和布勒赶紧过来拉架。布勒双手推着他妻子的肩膀，用力将她推到门外，同时嚷道："给我滚，蠢货，真是过分！"

在街上，争吵声不断，他们逐渐走远了。

舍奈先生也离开了。

哈拉昂夫妇两人站在那里，一言不发，四目相对。

最终，男人瘫倒在椅子上，额角沁出丝丝冷汗，低声咕哝："这次，我怎么向科长交代呢？"

一次野餐

德浮太太芳名叫佩罗妮，她还差五个月就要过生日了，众人早就盼着这一天了，因此当这一天到来的时候，大家都起得特别早。德浮先生借了辆马车，妻子今天特别漂亮，就坐在自己的身边，后面坐着老祖母和一个小姑娘，躺在车后的是一个黄头发的小伙子。

马车顺着香榭丽舍大街行驶，越过马约城门的炮楼，大家开始饱览这里的景色。

站在纳伊桥上，德浮先生宣布："这才是真正的乡下呢！"她太太听到这句话，思绪便飞向了大自然。

到了那里的广场，眼前是一片广阔的田野，大家都赞叹不已。右边是阿尔让特伊镇，教堂的钟楼高耸入云，而镇子上方就露出了奥日蒙磨坊和萨努瓦土丘。往左看，清晨的明亮天空映衬出马尔利渡槽，还可以看到远方的圣日耳曼家花园的平台。正前方山连着山，下面是一片翻耕过的田地，那便是科梅伊新炮台。远方的景物看上去就比较模糊了，只隐隐约约看到一片暗绿的森林。

阳光射在脸上，热乎乎的，眼睛总是被尘土眯住，道路两旁的田野看上去光秃秃的，只有破烂不堪的东西散发出的腐臭味，房屋已经七零八落了，有些房子也因为没钱而停工了。

在这片贫瘠的土地上,可以看到几根大烟囱,这是这片腐臭的田野上仅有的"植被",而春风送来的是石油和页岩的气味,并掺杂着另一种更加难闻的气味。

马车终于又一次越过塞纳河,过桥的时候,大家都兴奋不已。河水波光粼粼,在阳光的映照下,水面因受热而升起一层层薄雾。大家都感到自然的美妙,一阵透心的清凉袭来,呼吸着洁净的空气,而不是那种受了污染的空气。

一位过客曾给这个地方起了名字:伯宗。

马车停在了那里,德浮先生念着一家小饭馆招牌上的字:"宝蓝饭馆:水手鱼和炸鱼,雅座、小树林、秋千。夫人,你看这里好吗?你确定就在这里吗?"

他妻子也念了刚才那些话,念完之后,又仔仔细细地打量着这所房子。

这是一家乡村饭店,粉刷成白色,开设在路的旁边。店门大开,能看见包了金属片的柜台前,站着两个侍者。

德浮太太下定了决心,说道:"好吧,就在这儿吧,这里景色很好。"

就这样,马车被赶到了空场上,隔着一条小路便能看见塞纳河。

所有人下了车。最先下来的是丈夫,他接太太下车。上下车的脚踏铁板仅有两级,相距很远,德浮太太脚踩到踏板时,半截腿便露出来了,只不过,由于大腿的脂肪过多,已经看不出当年的秀气了。

德浮先生马上被这种乡野气息迷住了,立刻把她太太抱了下来。

而德浮太太则用手掸了掸衣裙,拍了拍上面的土,这才瞧瞧这个地方。

这个女人有三十多岁,肌肤看上去很光滑,体态丰满,长得很漂亮,看上去招人喜欢。她的胸衣裹得很紧,呼吸有点儿困难,而且将胸脯上的那两块肉压了上去,几乎快顶到她的下颔了。

年轻的姑娘在父亲的帮助下,也从马车上下来了。黄头发的小伙子紧随其后,他帮着德浮先生把老祖母扶下车。

紧跟着就把马给拴了起来,车的两根辕头就放在了地上。两个男人脱下礼服,随即去找已经坐到秋千架上的两位女士。

德浮小姐想自己拉动秋千,但是没有力气。她是一个非常漂亮的姑娘,是在街上遇见便能突然激起你的欲望的那种女人。她纤细的腰身、高高的个子、棕褐

色的皮肤、宽宽的臀部、黝黑的秀发、大大的眼睛，身上的肌肤细腻光滑，由衣裙清晰地勾画出来，由于她回荡的时候很用力，因此腰身愈加明显。她伸直手臂，紧抓绳索，用力蹬一次，这时候胸脯就挺起一下。一阵风将她的帽子吹了起来，吹落在她身后；而秋千越荡越高，每次荡回来，都齐膝露出她修长丰满的双腿，裙摆则飘到在旁边看她的两个男人脸上，空气中流动的香气十分醉人。

而德浮太太则在另一个秋千上大喊道："西里安，快来推我呀，西里安，你倒是快来推我呀！"

德浮先生总算是过去了，他就像要劳动一样，挽起衬衣袖子，费了很大的力气，才把她的秋千推动。

德浮太太感到一阵眩晕，她抓紧了绳子。在摆荡中，她的整个身子不断地颤动，犹如放在餐盘上的果冻。这时候，秋千的摆幅越来越大了，到了最后，她非常害怕，再加上头晕，她尖叫了起来。她模模糊糊地看见园子里探出一排小脑袋，原来她的叫声引来了一群调皮的孩子，他们正冲她做鬼脸呢。

一位女招待走上来招呼客人——他们叫了午餐。

"一份炒兔肉、一份塞纳河炸鱼、一份点心和生菜。"德浮太太神气地点着菜。

"再拿些啤酒和一瓶红葡萄酒。"她丈夫说道。

"我们在草地上吃饭。"姑娘补充道。

老祖母看见了这家的猫，表露出感情，用最美妙的名字呼叫，追逐它很长时间，却始终徒劳。这个畜生得到如此趋奉，却总是若即若离，就在老太婆的手边，又不让她摸到。它不慌不忙，好像知道你是在挑逗它，尾巴竖起来，身子蹭着树干，轻轻发出愉快的呼噜声。

"哎呀！你们快来看呀！好漂亮的船呀！"黄头发的小伙子说道。

大家听了都跑去看，果然有两条华丽的船，并排横卧着，就像两个修长美妙的少女，光彩炫目而身形细长，不禁让人想去游玩，在温馨浪漫的黄昏或清晨，在河上泛舟，观赏到处盛开鲜花的河岸、长年站在水里的芦苇、枝丫探入水中的树木，以及像蓝色闪电一样冲向天空的翠鸟。

全家人带着崇敬的心情欣赏两条游船。"嗬！不错，真漂亮。"德浮先生严肃

地重复道。紧跟着,他摆出行家的派头,详细品评,还说他年轻时也曾划过船,就是现在他一拿起桨来——紧接着他就做了个划桨的姿势——那也是谁都比不上的。当年他在巴西的若因维利城,不知道击败过多少英国人。他还开玩笑说,法文中"女士"这个词,也表示船上的桨栓,就因为这样,划船手出门一定要携带"女士"。他话匣子一打开,就一发不可收拾,一定要与人打赌,说他每个小时能轻松行驶 6 海里。

"各位,饭菜已经准备妥当了。"女招待走进来说。大家急忙过去,可没想到德浮太太预先选好的位子上坐了两个人,从衣着上看,无疑是那两条游船的主人。

那两个人差不多是躺在椅子上,面颊晒得黝黑,上身穿着薄棉白背心,壮实的手臂暴露出来。这是两个体格结实的小伙子,时时显露出旺盛的精力,举手投足,无不显示肢体经过锻炼而形成的健美,绝不像那种常年干力气活所形成的肌肉。

他们瞧见德浮太太,相视一笑,继而瞧见那位姑娘,又互相交换一下眼色。其中一人说:"咱们还是让开吧,这样就能相互认识了。"另一个立刻站起来,手里拿着揉皱的鸭舌帽,以骑士的风度,给两位女士让出这里最好的地方。全家人高兴异常,连声道谢,为了更具田园情调,他们不摆桌椅,就围坐在草地上吃饭。

两个青年将餐具挪远一点儿,又接着吃饭。看到他们裸露的臂膀,年轻姑娘有点儿害羞,她甚至扭过头去,假装根本没有注意到。倒是德浮太太比较大方,出于一种好奇,也许是性欲的驱使,她时不时看看那两个青年,或许还怀着遗憾的心情,拿他们跟自己丈夫作比较。

她臃肿的身体坐在草地上,总是不停地扭动,说是有蚂蚁爬到了身上。由于这里有生人,又得表现得这么客气,德浮先生就不免有些气闷,他想坐得舒服一点儿却办不到。那个金发小伙子则像个哑巴,低着头默默吃饭。

"天气可真不错啊,先生。"胖太太对其中的一个小伙子说。人家让了位置,她就想友好地对他们。

"您说得对极了,太太,"那人回答,"您常来这里吗?"

"哪里!一年就来个一两次,呼吸新鲜空气,那么您呢?"

"我们每天晚上都在这里睡觉。"

"哦！那一定十分惬意了？"

"那是自然，太太。"

接着，那人描述他每天充满田园诗意的生活，足以拨动这些城里人的心弦：他们对大自然充满向往，却只能终年守在店铺里，心头总是向往着田园生活。

年轻姑娘也有些心动，她看了看那个船主。德浮先生头一次开口："这嘛，才是生活呢！"接着他又问道，"再来点儿兔肉怎么样，我的好夫人？"

"不，谢谢，亲爱的。"

德浮太太又转向那两个青年，指着他们裸露的手臂，问道："你们难道不冷吗？"

两个青年大笑起来，接着就开始讲他们的经历，用这类故事吓唬这些人。他们还用力捶胸脯，让人听这是怎样的响声。

"嗨！看样子你们可真够结实的。"做丈夫的说道，他再不提他击败英国人的事儿了。

那个姑娘现在开始打量他们。那个黄头发小伙子喝酒呛着了，不停地咳嗽，喷出的酒溅到了那位妇人的衣裙上，她立刻就不高兴了，叫人拿水来洗。

这时，气温忽然升高。河流就像一个大蒸炉，再加上酒劲儿，大家都晕乎乎的。

德浮先生整个身子都抖动起来，猛烈地打着酒嗝，他已经解开了背心和裤子的纽扣。那个学徒样子的青年，则摇晃着头发，还在喝着，一杯一杯往下灌。老祖母感觉有了醉意，便摆好了姿势，直挺挺地坐在那里。而姑娘却不动声色，只是脸上有一层红晕。

喝完了咖啡，就不再矜持了。他们建议唱歌，于是每人都唱了一首。迎来了热烈的掌声。接着，他们晃晃悠悠地站了起来，两位女士也有些晕乎乎的，闭目养神了一会儿。而两个男的却喝多了，伸胳膊抬脚做起操来。接着，他们又跟跟跄跄地抓住铁环，想做引体向上，结果脸涨得通红还是白费力气。

这个时候，那两个水手已经把船放下水，又折回来，有礼貌地邀请两位女士

去水面上看看风景。

"德浮先生,你能去吗?求求你啦!"德浮太太喊道。然而,丈夫醉眼蒙眬,没有听明白。正在此时,一名划船手拿着两副钓鱼竿走过来。能够钓一条鲌鱼,这是小店铺老板的共同心愿。这老兄一看到钓鱼竿,黯淡的目光立刻发亮,他答应人家的一切要求,自己则走到河边阴凉处坐下来。而坐到他身边的金发小伙子,过了不久就进入了梦乡。

一名划船手作出牺牲,带上德浮太太。"到英国人岛上的小树林里去!"他喊了一声就开船了。

另一条船划得很慢,这个划船手盯着船上的女伴,神飞天外,内心十分激动,浑身都轻飘飘的。

姑娘坐在船上的圆椅里,她沉浸在愉快中,感到万分轻松,仿佛多重陶醉袭上心头,进入忘我的境界。她有些醉了。酒力借助她周围的暑气,使她的头脑一片空白,就觉得所过之处,岸边的树木都纷纷向她鞠躬致敬。在热浪中,她有种异样的兴奋,隐隐产生一种行乐的欲望。她意乱情迷还有一层缘故:在这样闷热的天气来到人迹罕至的地方,同一个青年男子单独泛舟,并且这青年男子又觉得她十分漂亮,欲火像烈日般灼人。

他们两人默不做声,内心越发激动,眼睛只好观望四周。水手鼓足勇气问她的名字,"我叫哈利叶。"同时姑娘也知道了他的名字叫哈利。

他们打破了沉默之后,心情就平静了很多,对景色的兴趣又浓了起来。另一只小船停在他们前边不远处。那位划船手喊道:"这位太太渴了,我们要划去罗宾逊,回头我们再去找你们。"说罢,他继续划起桨来,小船飞驶而去,很快就无影无踪了。

一种隆隆的声响不停传来,在这之前他们就隐隐听见,这时却突然变大了。河流仿佛也在颤动,声音好似来自水底。

"这是什么声音?"姑娘问道。那是河堰的瀑流,岛子的岬角处建了拦河大坝。划船手正在详细解释,一阵鸟鸣,透过瀑流的声音,仿佛从遥远的地方传来,引起了他们的注意。"咦!"水手说道,"夜莺在白天叫,这表明那只雌鸟在孵蛋呢。"

夜莺！姑娘还没有听过夜莺的叫声，一想到现在能听见一只夜莺的婉转啼鸣，她心中就产生了柔情蜜意的幻景。夜莺！这正是爱情的见证，同时也是上天赐给男人亲吻的最好时机，这是最美的音乐：正是那些浪漫曲，使情窦初开的少女那脆弱的心灵充满了蓝色的幻想！

她有些痴迷了。

"不要出声，"那位同伴说道，"我们现在下船，进入树林，去夜莺附近坐着。"

小船就像在滑行。船很快就到了岸边，岸很低，能直接看到灌木丛。他们停下来，姑娘挽上青年的手臂，两人往前走去。"请弯下腰。"哈利说道。姑娘便弯下腰，于是两人钻进茂密的丛林中。这个难以发现的藏身之所，一定是他所熟悉的，因为他称它为"密室"。

在他们的上方，有一只鸟栖息在树上，一直在啼叫。它抛出一段段华彩乐章，接着又弄出一连串激越清朗的声音。这种声音在空间里回荡，顺流而来，在平野中飞旋，打破了乡野上火热的寂静，随之消失在天际。

他们怕惊飞了鸟儿，哈利搂着哈利叶的身子坐着。哈利叶并不生他的气，而是抓住这只宽大的手，将其推开，一点儿也不感到不好意思，好像这是十分自然的。

姑娘完全陶醉在鸟鸣中。她对幸福无比向往，蓦然领悟到超凡脱俗的诗意，神经和心灵都极其慵懒，竟流下了眼泪。就在这时她被他搂得更紧了，但她不再拒绝他。

夜莺突然止声。有个声音似乎在远处召唤她："哈利叶！"

"什么也别说，"年轻人悄悄说道，"您会吓跑那只鸟儿的。"

她根本也没想回答。

两人就这样待了很久。德浮太太在什么地方坐下了，不时听到那位胖太太的尖叫，很明显是那个划船手在调情。

姑娘还在流泪，心里充满了甜蜜感。哈利的头靠在她的肩头，突然，他吻了她的嘴唇。姑娘极力挣扎，为了躲避他，身子向后倒去。年轻人又扑到她身上，并且压了上去，追逐姑娘的嘴，最后追上并亲吻。就这样，她神魂颠倒，欲火熊熊燃烧，将哈利紧紧搂在胸前，回敬他一个吻。此时她已不挣扎了，就像是力气全都

消失了。

周围一片寂静。那只鸟儿又开始鸣唱起来，先是发出几声悠扬动听的旋律，仿佛是爱情的召唤，然后就唱起舒缓的曲子。

一阵熏风吹过，树叶沙沙作响，在这响声中夹杂着两声火热的叹息。

那只鸟已陶醉了，它的歌声节奏加快，歌声缠绵似水，激情高涨。

有的时候，它也会休息一会儿，目的是为了更好地欢呼，仅仅低唱两三个轻音，而后又突然以尖利的音符收尾，或者又继续狂奔，涌泉一样的顿音、颤音、音阶全部释放出来，犹如一曲恋歌，并继以成功的欢呼。

只不过那鸟儿突然听到下面一阵呻吟，便停止鸣叫。那声音极为深沉，就好像是灵魂在诀别时的那种悲痛。

这男女两人走出绿茵床，脸色苍白，对他们来说，蔚蓝的天空失去了颜色，火热的太阳也已经落山了，他们发现了寂寞和孤独。他们一前一后走得很快，既不相互接触，也不说话，就好像成了不共戴天的敌人，两人的肉体之间产生了憎恶，心灵深处产生了敌意。

哈利叶不时喊一声："妈妈！"

一片荆丛下沙沙作响。哈利好像看见白色衬裙很快拉下来遮住一条肥腿，紧接着胖太太钻了出来，她一副窘态，脸非常红，眼神非常明亮，胸脯起伏不定，或许是离得太近的原因，旁边那一位很明显看到了十分滑稽的东西，脸上还留着笑意。

德浮太太挽上他的胳膊，又回到船上。哈利与姑娘一起在前面走着。

德浮先生已经等得不耐烦了。在离开这家饭馆之前，黄头发青年又吃了点儿东西。车套好了，停在院子里。老祖母此时正在车上唠叨着，说巴黎周围晚上不太平。

彼此又说了几句才算走了，划船手也跟他们道别。

德浮一家走了两个多月后，哈利在经过殉道者街时，看到一家店铺招牌：德浮五金商店。

他进去了。

那位胖太太滚圆的一堆伏在柜台上，他们马上互相认出来了，客套几句之

后,哈利便问:"哈利叶小姐,她还好吗?"

"她很好,谢谢,她已经结婚了。"

"啊……"

他惊呆了,话语哽咽,心情激动,继而才又问道:

"那么……同谁呢?"

"你认得的,就是陪我们去郊游的那个年轻人,他接手掌管了这个店铺。"

"哦!那很好。"

不知为什么,他心里忧伤至极,他告辞要走,却又被德浮太太叫住了。

"不知您的朋友怎样了?"她小声问道。

"他很好呀。"

"那请代我们向他问候吧。如果他从这儿经过,请转告他来看看我们……"

说完这话,德浮太太脸涨得通红,又加了一句:"您告诉他,这会令我很高兴的。"

"我会记住的。永别啦!"

"啊,不……不久见!"

过了一年,又是一年夏日的星期天,天气炎热,哈利独自回到林中的那间幽室:那场邂逅他始终难以忘怀,强烈的欲望冲击着他,那情形又真切地浮现在眼前。

他钻进去一看,惊呆了。她坐在那里,神情哀伤,身边那个粗鲁的酣睡的人,正是她丈夫,那个黄头发的青年。

见到哈利,她几乎快晕了,但很快又镇静下来,就像什么事也没发生过一样同哈利交谈起来。

哈利说,对这个地方他很有感情,星期天经常过来。她久久注视着他,回忆着往事。

"我呢,每天晚上,我都想着这个地方。"她说。

"该走了,尊敬的太太。"她丈夫打着哈欠说,"时候不早了,咱们该走了。"

修软垫椅的女人

为了庆祝这次打猎，德·贝尔特朗侯爵在家里举办宴会，宴会要结束时，11个参加狩猎的男人、8个年轻妇女和当地的那位医生坐在桌子周围，谈得热火朝天。他们说得最多的就是爱情。他们争论的还是那个老问题，无非是真正的爱情只有一次呢，还是可以爱很多次。男人的观点一般是后一种，而女人则属于前者了。

侯爵就是一个多情种子，他爱的不止一个，所以他坚持第二种观点：

"我认为，一个人是可以真正地爱几次的。你们举例说殉情的人只能爱一次，不可能有第二次热恋。我要回答你们：他们傻乎乎地失去爱的机会，要是不自杀他们肯定会重新去爱，一次又一次地爱，直到他们死为止。情人和酒鬼性质差不多，喝过的还会再喝，爱过的还会再爱。他们的情形是一样的。"

他们选中那位德高望重的医生来评判他们谁说得对。

他的回答很含糊。

"正像侯爵说的，这个问题的确因人而异。拿我来说吧，我就见到了一桩长达55年的爱情，从没有因为任何事而间断，直至死去。"

侯爵夫人听到这样的回答激动得拍起手来。

"这真是太动人啦！能够被人如此疯狂地爱着，是多么幸福啊！55年，一直生活在刻骨铭心的爱情中！受到这样热爱的男人该多么幸福啊！他该怎样赞颂人生啊！"

医生微笑着说：

"太太,的确如此,被爱的的确是一个男人。您认识他,就是村庄里药房的老板苏亥先生。至于那位女子,您过去也认识,就是那个曾来府上修椅子的老婆子。听我详细地给您讲述。"

女人们一下没了兴致,她们脸上流露出不屑的表情,好像在说:"呸！"好像爱情只配有钱人拥有似的。

医生接着说,三个月以前,我被叫到这个临终的女人的床前。她是前一天晚上乘着她那辆当房子住的马车来的。拉车的是那匹老马,你们也都见过。跟她来的还有两条保护她也陪伴她的大黑狗。本堂神甫早就来了。她请我们俩做她遗嘱的公证人;为了让我们真正地理解遗嘱,她把她的人生经历全都讲给我们听,我不知道还有什么比这更传奇、更感人的了。

她父母都是修椅子的。她从来就居无定所。

她自小到处流浪,穿得脏兮兮的。他们每到一个地方,就将车子停在村口。放开马,任它去吃草,而狗呢,则趴在地上,鼻子搁在爪子上,闭着眼睛睡觉。小女孩在草地上嬉戏,她的父母在路边的榆树下修理从村中收来的破旧椅子。住在这所流动房屋里的人一般不大说话。他们为了决定由谁去吆喝那句人人都听惯了的"修椅子"去每家每户兜圈子时,才不得不说上两句,说完以后就开始面对面或是并排坐下来搓麦秸。孩子要是跑远了,或是想跟村里的孩子打交道时,她的父亲就会大声呵斥她:"还不快回来,臭丫头！"这是她所听见的唯一一句慈爱的话。

她又长大一些时,他们就叫她去收破旧椅垫子。于是,她认识了几个孩子,不过从这时候起轮到她的新朋友们的父母大声召唤自己的孩子了:"还不快点儿过来,淘气鬼！不要与穷讨饭的说话……"

孩子们常常向她丢石头。

有些太太给她几个苏,她认真地收好。

在她11岁时的一天,她走过此地,在公墓后面见到小苏亥,他正因为一个

102

同学把他的两个小铜子儿抢走而啼哭。一个富人家的孩子，用她如此贫穷的人的小脑袋想，应该是一个永远快活满足、没有烦恼的孩子，现在却流着眼泪，这深深地打动了她的心。她走上前去，知道他为何伤心后，就把自己的全部积蓄——七个苏，都给了他。他擦着眼泪，老老实实地把钱收下。她当时高兴极了，大胆地吻了他一下。他想着手上的钱，所以也随她如此做了。她看到自己既未遭到拒绝，又未挨打，就又吻他，她把他搂得紧紧的，深深地吻过后就跑掉了。

这个可怜的脑袋里在想什么呢？她喜欢上了这个男孩，是因为自己给了他流浪所得的七个苏呢，还是因为送给他第一个温柔的吻？无论对于孩子还是成年人，这都是一个谜。

好几个月中，她都在想念公墓里的这个地方以及这个孩子。她憧憬着再和他见面，在修理椅子或是买食物的时候向爸爸妈妈报假账，好偷偷攒点儿钱。

她再到这里时，荷包里已有了两个法郎，可是她只能从他父亲的药房的玻璃窗外，从一瓶红色的药水和一条绦虫之间，注视着这个穿得整整齐齐的小老板。

可这些让她更爱他了。药水的鲜艳色彩和水晶玻璃的绚丽闪光吸引着她，感动着她，让她如痴如醉。

她心里有着难以忘怀的回忆。第二年，她在学校后面看到他正在与同学们打弹子，她飞扑到他身上，抱住他拼命地吻，吓得他哇哇乱叫。为了让他安静下来，她给他钱：三法郎二十生丁，这可真是一笔财产了，他瞪大了两只眼睛瞧着。他收下钱，让她尽情地爱抚着。

四年中，她把每一笔积蓄都给了他。他心安理得地把钱放进口袋，因为这是他愿意接吻的报酬。一次是三十个苏，一次是两法郎，还有一次是十二个苏（她难过得哭了，不过这一年的景况也的确不好），最后一次是五法郎——一个又圆又大的硬币，让他欢喜得合不拢嘴。

她的心中只有他。他呢，多少有点儿盼望她的到来，一看见她，他就奔过去迎接，使得她的心跳个不停。

后来，他不见了。他被送到中学去读书。这是她通过各种渠道打听出来的。

于是她采取了许多巧妙的手段来改变她父母的路线，以便让他们在假期时经过这里。最后她终于成功了，不过却费了一年的心思。她已经有两年没见到他了，差点儿认不出他了，因为他变了那么多，个子长高了，相貌好看了，穿着他那件金扣子的学生装看起来风采非凡。他装着没看见她，高傲地走过她身边。

她哭了两天，此后一直忍受着折磨。每一年她都会回来，走到他面前，却不敢与他说话，而他，连看都不看她一眼。她发疯似的爱着他。她对我说："在我心里只有他，大夫，我不知道世上还有别的男人。"

她父母死了，她继承了他们的行业，只是她养的不是一条狗，而是两条狗，两条没人敢招惹的凶猛的狗。

有一天，她回到她日思夜想的村庄，见到一个年轻女人挽着她爱人的胳膊，从苏亥药房出来。那是他的夫人。他已经娶妻了。

当晚她跳入了村政府广场的池塘里。一个深夜里路过的醉汉救起了她，把她送到药房。小苏亥穿上长睡衣，下楼来给她医治。他假装不认识她，为她脱掉衣裳进行按摩，接着严厉地对她说："你疯了！不该蠢到这种地步！"

这已经可以治好她了。他同她说过话啦！好久以后，她都觉得很幸福。

她说什么也要付医疗费，可他无论如何也不要。

她的一辈子就这样过去了。她一面修椅子，一面想着苏亥。每年她都要隔着玻璃窗看一看他。她经常来他的药房里买点儿零星药品。因为这样，她既能凑近看看他，与他说说话，还可以付钱给他。

正如开头我同你们说的，今年春天她死了。她把自己的这段伤心往事全部讲给我听以后，要求我把她一生的积蓄全部交给她至死不忘的那个人。因为，照她自己的说法，她工作就是为了他。为了攒点儿钱，可以让他在她死后至少会想起她一次，她甚至常常饿肚子。

于是她交给了我 2 327 法郎。在她死了以后，我留给本堂神甫先生 27 法郎算是安葬费，余下的钱我都带走了。

第二天，我去了苏亥家。他们面对面坐着，刚用过早饭。两人都胖得很，双颊红润，神色悠闲，身上散发出一股药味。

他们请我坐下，给我倒上了一杯樱桃酒，我拿着酒，开始激动地说明来意。

我相信他们听后肯定会流泪的。

苏亥一听到我说那个四处流浪、修软垫椅、跑码头的女人爱他，竟然气得跳了起来，那样子看上去倒好像是她偷走了他的好名声、上等人的尊严、他本人的荣誉，在他看来没有什么东西比这些更重要。

他妻子与他一样愤怒，接连说："这个臭要饭的！这个臭要饭的！这个臭要饭的……"好像没有别的话可说了。

他站起来，在桌子后面迈着大步来回踱着，睡帽歪到一边的耳朵上。他嚷着说："大夫，您知道这件事的意义吗？对一个男人来说，这件事情实在太恐怖了！怎么办呢？啊！我要是在她活着的时候听到，一定会叫警察把她抓起来，扔进监狱里。我可以发誓，她永远也别想出来！"

我愣住了，想不到自己的一片好心却是这样的结果！我简直不知道该怎么办了。可是受人之托，总得将事情办完。于是我又说："她托我把她的积蓄交给您，一共是 2 300 法郎。既然我刚才说的话似乎使您很不高兴，或许最好还是把这笔钱给穷人算了。"

夫妇俩吃了一惊，目瞪口呆地望着我。

我从荷包里拿出钱，这笔可怜兮兮的钱，有各个国家的，有各种花纹的，有金的，也有铜的，混杂在一起。我又问："你们如何决定？"

苏亥太太先说话了："既然是这个女人的最终心愿……我看，我们只有接受了。"

她的丈夫有点儿不好意思地说："我们总可以拿这些钱为我们的孩子们买点儿东西。"

我冷冷地说："你们请便吧。"

他又说："既然是她托付的，就给我们好了，我们总能想办法把钱用在慈善事业上。"

我放下钱，行了个礼，然后走了。

过了一天，苏亥过来找我，见面就说："这个……这个女人不是把车子扔在这里了吗？您打算怎么处理呢？"

"还没有处理，您想要，就拿走吧。"

"很好，我正需要，我可以把它架在菜园里做窝棚用。"

他刚想走，我又问他："她还留下一匹老马和两条狗，您需要吗？"他吃了一惊，赶忙说："不要，不要。要它们是没什么用处的。您随便处理好啦。"他笑笑，并把手伸过来，我只好和他握了握。有什么办法呢？在这里做医生的怎么能跟药房老板作对呢？

我把狗留在自己家，神甫把马牵走了，车子变成苏亥的窝棚，他用那笔钱买了股票。

这是我一生中见到的唯一一桩矢志不渝的爱情。

医生讲完了。侯爵夫人噙着泪水，长长地叹了口气，说："说真的，只有女人才有这样深的爱。"

一个春天的晚上

桑娜即将与表哥亚科结婚了，他们青梅竹马、两小无猜。他们的爱情并不是社交场合中那种逢场作戏，他们是真心的。

情窦初开的少女有时爱卖弄风情，做出各种妩媚姿态。她觉得他和蔼可亲，每次见面都诚挚地拥抱他，但却没有恋人激动的感觉。

"她可真是妩媚可爱，我的小表妹。"

他对她，是一个男子对一个美丽姑娘的一种本能的柔情，除此以外，他没有其他的想法。

偶尔有一次，桑娜听母亲对姨妈说：

"我发誓，这两个孩子会马上相爱的，这很明显，亚科做我的女婿，是我梦寐以求的。"

不久，姑娘自然而然地对表哥产生了爱情，当她一见到他时就脸红，她的手被对方握着时会颤抖，四目相对时，她会垂下眼睑。这一切，她都做得得体自然。聪明的年轻人发觉了，他懂了，于是，他怀着一种冲动，同时也有虚荣心得到满足的成分，但更加有真情实感。他一把抱住了表妹，在她耳边低语：

"亲爱的，我爱你！我爱你！"

爱的表白之后，就有了喁喁私语、甜言蜜语，就有了爱的展示方式，一切都

自然得体、毫不拘束。

在客厅，亚科拥吻着自己的未婚妻，客厅里还有三位老人。那是三姐妹：桑娜的母亲，还有他自己的母亲以及利松姨妈。这对恋人一起散步，整天漫步在树林里，流连在小河边，或穿越野花盛开的带着露水的草地。

他们期待着那已经确定的喜结连理那一刻的到来，不是急迫，而是被一种美妙的温情包围着。

他们感受着这迷人的魅惑：温柔的抚摸、不安分的手指、久久不能自拔的令两颗心颤动的注视；他们朦胧地受着一种无法了解的欲念的折磨，那其实是对强烈拥抱的渴盼；他们感觉到彼此的嘴唇都好像有些麻木了，他们好像在互相监视、互相许诺、互相等待。

某些时候，当他们在这种柏拉图式的爱情中过完了一整天后，他们似乎十分疲惫，不知为什么，莫名其妙地，两人都发出了深深的叹息，那是充满期盼的叹息。

他们的母亲和利松姨妈，总是动情地望着他们。

利松姨妈是一位矮小的女子，她很少说话，总是很谦和，不出一点声响，只有在吃饭时才能看见她，然后又回房，总是把自己关在里面。她看起来很慈祥，有些显老，目光温柔沉郁，在家庭里几乎不被重视。

两位姐姐已经孀居，因为她俩曾在社交界活跃过一阵，因此将她视为微不足道的人。不过总的来说对她还是很好的，就是有点儿瞧不起她罢了。她本叫利丝，因为是出生在贝朗瑞在法国盛行的时期。大家发现她不结婚，而且也许不会结婚了，便把利丝改口叫了利松。

现在她是"利松姨妈"，一位谦恭、干净的老太太，有时候她和自家人在一起时都很腼腆，而他们对她的关怀，则夹杂着习惯、怜悯和一种不易觉察的冷淡。

那些孩子向来不主动与她接近或是拥抱，唯一去她房间的人就是女仆，家里的人如果要对她说什么话，就让女仆找她，她的房间很少有人去。她不在场时，大家不会想到她。她属于那种没有个性的人：即使对她亲近的那些人，也始终是陌生的，就像不认识似的，至于他们的死，也不会给一幢房子造成空缺，他们并不是接近自己的人。

她走路声音很轻,悄然无声,也不碰任何东西,像是在把默不做声的特性传给其他的物品似的。她的手,就像是用棉花做的,摸东西时是那么轻柔,那么小心翼翼。

如果有人说到利松姨妈时,人们根本就不会有什么感觉,就像提到咖啡壶或糖罐。

母狗鲁特所拥有的个性都要比她明显得多,人们不停地抚摸它,叫它:"我的小鲁特,我美丽的鲁特,我亲爱的鲁特。"当它有什么不测时,大家肯定会为它伤心难过。

两位表兄妹的婚礼大概会在五月底举行。年轻人此时手牵手、心贴心地生活着。这年的春天来得很晚,一直犹犹豫豫地蜷缩在冬天的寒意里,不久才突然出现。

有几个略不晴朗的热天,带动了整个大地的活力,树木抽出叶子,到处散发着鲜花和蓓蕾的那种使人浑身绵软无力的芳香气息。

而后,在一个下午太阳赶走了水蒸气,在平原上展开,放出了光芒。它的欢快充斥着乡间,遍及各处,渗透进了人类和动植物中。多情的鸟儿在天空中盘旋,拍着翅膀,互相召唤着。桑娜和亚科被这种甜蜜而奇特的幸福压得透不过气来,可却比往常羞涩,因为,这种气息带给他们一种不安,因此,他们整天并肩坐在长凳上,不敢离人群太远了,目光茫然地望着远处水面上嬉戏的天鹅。

后来,夜幕降临了,他们略感平静,等到吃罢了晚饭,便一起倚着窗子,亲切地交谈。与此同时,他们的母亲在打扑克,而利松姨妈则默默地给当地穷人织着袜子。

一片高高的乔木伸展到远处池塘的后面,在树叶的缝隙里,月亮出来了。它越过挡着窗的树枝,慢慢地移向天空,置身在满天的繁星之中,开始把它的清辉洒向人间,而对忧郁的诗人和坠入爱河的情侣来说,它是那样的珍贵。

两位年轻人先是欣赏了一会儿月色。夜色温柔,草地和树丛隐约可见。他们缓缓地向草地走去,一直到达闪着亮光的水池旁边。

同每晚一样,两位母亲玩够了纸牌,睡意袭来。

"该叫他们回来了。"其中一位说。

另一位看了看依依不舍的他们，便接了一句：

"随他们去吧，夜色那么迷人，利松会等他们的，对吧，利松？"

老姑娘抬起她那双惶恐不安的眼睛，用腼腆的声音回答说：

"当然，我会的。"

她们就去睡觉了。然后利松姨妈也放下了手中的活计，走近窗子，凝望着这醉人的夜色。

这对情侣一直走着，漫无目的地在池塘和台阶之间漫步，他们美丽的身影与夜色融为一体。桑娜突然看到了什么。

"你快看那儿，"她说，"利松姨妈在望着我们。"

"没错，"他接着说，"她确实如此。"

而他们继续漫步，沉浸在浪漫的遐想中。

可草地渐渐布满露水，他们感到有些冷，微微打了个寒战。

"我们该回去了。"她说。

他们走了回来。

等他们走进来，利松姨妈又开始工作了；她垂着头在干她的活计，手指颤抖着，像是太累了似的。

桑娜走了过去："姨妈，咱们该去休息了。"

老姑娘转过身子。她的眼睛红红的，像是哭过一般。亚科和他的未婚妻根本没有注意到。可是年轻人发现少女精致的小鞋上沾满了露水。他有些不安，温柔地问：

"你那可爱的小脚丫一点儿不冷吗？"

突然，利松姨妈的身体猛地抽动了一下，手里的活计掉落在地上，而老姑娘用手捂住脸，抽泣起来。

两个年轻人慌忙冲过来，桑娜跪下来，张开双臂，惊慌失措，连声问："您怎么啦，利松姨妈？您怎么啦，利松姨妈？"

可怜的老妇人因悲伤而蜷缩着身子，声音浸透了泪水，颤抖着回答："是……是……当他问你：'你那可爱的小脚丫……'从来没有……从没有人……对我说过这样的话，对我！……从没有！……从没有！"

"菲菲小姐"

　　宽大的客厅,豪华的绒绣扶手椅,少校冯·法尔斯贝格伯爵仰坐在椅子上,他是普鲁士军队的指挥官。他穿着马靴的两只脚搁在精美的大理石壁炉台上,他占据迪维尔城堡已经三个月了。三个月以来,他脚上的马靴已经把壁炉磨出两个小坑,而且越来越深。桌上的咖啡冒着热气,打胜仗的他这会儿正用小刀在桌子上恣意刻一些数目和图形。

　　他看完信,又看了刚送来的德国报纸。他站起身,往炉火里投了几大块青木柴——为了取暖,这些老爷们正在一点儿一点儿地砍伐花园里的树木——然后他走到窗前。

　　这一场诺曼底的大雨,密密麻麻地、疯狂地倾泻而下,形成一道厚厚的斜条纹雨墙。大雨冲洗大地,泥浆四起,淹没了一切。一场地地道道的鲁昂西郊这只法国尿盆的大雨。

　　他望着被雨水淹没的草坪,还有远处的昂台勒河,河水涨得溢出了两岸。他用手指敲打着玻璃窗,敲的是一支莱茵河的华尔兹舞曲,忽然一个声音让他停止了敲打,回过头去,来人是他的副手冯·科尔瑞英格斯坦男爵,上尉军衔。

　　法尔斯贝格少校肩膀宽阔,胡子像蒲扇一样,他身材魁梧,使人想到全副武装的孔雀,不过把尾巴挂在下巴上了。他眼睛湛蓝,冷静淡漠,脸颊上还有一

道明显的伤痕，那是在奥地利战争中被马刀砍的。据说他是个正直勇敢的军官。

上尉的样子很有意思，胡子剪得很短，阳光照射时还闪着亮光。他的两颗门牙说不清是如何在一个纵酒的夜晚掉落的，说起话来含混不清，经常叫人听不懂。同受过剃发礼的修道士一样，头顶还秃了一块；围着这块圆圆的秃顶，长着浓密卷曲的短发，闪着金色的亮光。

指挥官听完部下的报告之后，两人又走到窗前，口中还抱怨日子过得不快活。少校是个好静的人，在本国已有家室，怎么都能凑合。但是男爵上尉贪酒好色，过惯了放浪形骸的生活，三个月来在这个边远的驻防地点，迫不得已地过着清心寡欲的日子，心里着实不是滋味。

有一个士兵敲门进来了，他不开口，只是用他的出现来报告中饭已经准备好了。

在饭厅里他们碰到三个级别低一些的军官：一个中尉，奥托·冯·格罗斯林；两个少尉，弗里茨·朔依瑙保格和威廉·冯·艾理克侯爵，一个金黄色头发的小矮个儿，对士兵极其傲慢，对战败者冷酷无情，性格十分暴躁。

在法国，同事们都叫威廉少尉"菲菲小姐"。给他起这么别致的绰号，原因有三，一是他身段漂亮，腰身纤细，看上去好像穿了女人的紧身裙；二是他刚刚长胡子，脸色很白净；三是他对人对事表示轻蔑时有一个习惯，经常使用法国短语，说的时候，时常特意带出一点儿"嘘嘘"的哨音。

迪维尔城堡的饭厅很是高雅古典，古老的玻璃砖镜子被打出几个星状的子弹窟窿眼儿，悬在高处的弗兰德勒挂毯有许多马刀划的口子，有的地方还一条条垂了下来，这一切都是"菲菲小姐"在空闲时候完成的杰作。

墙壁上有三幅祖传的肖像，他们每个人都抽上了长长的瓷烟斗，另外还有一个束胸的贵夫人，在年代久远的褪了色的镀金画框里，傲慢地翘着两大撇用木炭画的胡子。

在被糟蹋得不堪入目的屋子里，军官们默默吃着午餐。雨下得很大，屋子里很昏暗，吃了败仗的表情使人看了伤心。古老的橡木地板脏得像小酒馆的烂泥地。

吃完饭，他们开始喝酒，谈论每天的烦闷和无聊。接连不断的白兰地和利口酒传来传去，他们仰着身子坐在椅子上，不停地小口喝着，嘴上始终叼着烟斗，烟斗的颜色和形状古里古怪，好像是为了引诱霍屯督人似的。

每每杯里的酒喝完，就立刻无奈地用一个疲乏的手势把它斟满。然而"菲菲小姐"一连几次不断地把酒杯摔碎，他一摔碎，马上就有一个士兵给他送来另外一只。

满屋的烟雾笼罩着这群喝醉酒的人。

男爵突然起身嚷道："他妈的，再不能这样下去了，应该好好想个办法。"

中尉奥托和少尉弗里茨具有德国人的典型特征，迟钝、严肃，他们回答："什么，上尉？"

他想了片刻，然后说："什么？应该举行一次酒宴，要是指挥官同意的话。"

少校取下烟斗，问："什么酒宴？上尉。"

男爵先生走过去，说："指挥官先生，由我负责所有事务。我把'勤务'派到鲁昂去，叫他带几个姑娘回来。我知道在哪能找到。我们在这里准备一顿晚餐，而且什么也不缺。至少我们可以痛痛快快过一个愉快的晚上。"

冯·法尔斯贝格伯爵耸耸肩说："你疯了吧，我的朋友。"

然而所有的军官都请求指挥官："让上尉去办吧，指挥官，这里实在太无聊了。"

最终少校还是同意了。"好吧。"他说。男爵马上派人去叫"勤务"。这是一个上了年纪的军士，没有人见他笑过，但是长官们的命令，他都一律执行。

他机械地听完命令就出去了。五分钟后，一辆有篷子的大车由四匹马拉着在倾盆大雨中飞奔而去。

片刻之间，他们不再疲惫，脸上挂上了笑容。他们开始交谈。

雨依然在下，但所有的人都断言说天要放晴了。"菲菲小姐"也好像坐不住了，一会儿站起来，一会儿又坐下去。他那双冷酷的眼睛在捕捉一样可以发泄的东西。突然这个金黄色头发的年轻人盯住长了八字胡的那位夫人，掏出了手枪。

"你看不见那个了。"他说。他没有离开座位，举枪准备射击，砰砰两枪打中

了肖像的眼睛。

然后他嚷道:"咱们来放地雷!"谈话戛然而止,好像出了什么事把大家吸引住了似的。

放地雷是他新找到的消遣方法。

这里的主人——费尔朗·达莫阿·迪维尔伯爵,离开城堡时太匆忙,除了把一些银器埋在墙洞里,其他的东西都没带走,也没来得及藏好。他很有钱,花销也大,他那间饭厅有一扇门与大客厅相通,这间大客厅仿佛是博物馆的一间展览厅。

墙上挂的都是一些油画珍品,架子上摆满了美轮美奂的艺术品,令人目不暇接。

现在这些艺术珍品已经所剩无几,不是遭到抢劫,而是"菲菲小姐"时不时就放一次地雷。

侯爵先生去找他需要的东西,不一会儿,他带回来一只浅红釉的中国小茶壶。他把火药装在里面,再从壶嘴里慢慢塞进一根长的火绒,他把火绒点燃,然后连忙跑向隔壁屋子。

紧接着他很快回来,关上门。所有的德国人都热切地期待着,像孩子似的好奇。随着一声巨响,整座城堡都晃动起来,爆炸过后,他们便一起冲进去。

"菲菲小姐"这次终于炸掉了一座陶制维纳斯的头。他们检验着他的战利品。少校用慈祥的眼光望着这间遭到疯狂的霰弹破坏、地上全是艺术品碎片的大厅。他头一个出来,一边走一边称赞道:"这一次很成功。"

硝烟和香烟的烟雾混合着,让人无法呼吸。指挥官打开窗子,军官们回来喝完剩下的白兰地,都走到了窗前。

潮湿的空气冲进屋里,带来粉末般的水花和河水泛滥的气味。他们望着被大雨淋得低垂着枝条的大树,望着连绵的雨水笼罩着的宽广山谷,望着远处教堂钟楼突兀地高耸在瓢泼大雨之中的灰色尖顶。

自打他们来了之后,钟声再也没有响起过。这还是侵略者在这里遇到的唯一的反抗,无声的反抗。教堂的神甫为普鲁士士兵提供吃住,从来没有拒绝过他们的要求,甚至有几次还接受了敌人指挥官的邀请一起喝啤酒或葡萄酒。敌人

的这位指挥官也经常请他做中间人。但是，如果让他去敲一下钟，那是绝对不可能的。他说，他是一位传教士，他不会去杀人，但这也是一种抗议——和平的抗议，沉默的抗议。当地居民都赞扬商塔瓦纳神甫的坚定和英勇。他和他的教堂一样，保持着顽强的沉默，来宣告举国上下的哀悼。

全村人都得到了鼓舞，准备对神甫支持到底，他们认为这种抗议是维护国家的荣誉。在他们看来，这样做对祖国的贡献比贝尔福和斯特拉斯堡还要伟大，他们这个小村子将因此而名垂千古。除此以外，普鲁士人提出什么要求，他们都不拒绝。

对他们这种无害的勇敢，军官们仅仅付之一笑。况且当地人对他们恭谨顺从，他们因此也很乐意容许当地人的这种悄无声息的爱国行为。

主张强迫打钟的只有威廉侯爵。他的上司对教士采取圆滑的妥协态度，让他感到非常不满，每一天他都请求指挥官让他去敲一次钟，甚至仅仅是为了让大伙儿乐乐，也得让他去打一次。他请求时，拼命地恭维指挥官，向他谄媚，然而指挥官是绝对不许的，"菲菲小姐"为了寻找慰藉，只好在迪维尔城堡里放地雷。

几个男人聚在那儿。末了少尉弗里茨笑了几声说："这些肖（小）姐楚（出）门艮（肯）定不会有喝（好）天气了。"

然后他们离开去干各自的公事，上尉要准备晚餐，当然有许多事要做。

天黑后，他们聚在了一起，一个个都像检阅的日子里一样，打扮得很漂亮，大家都相视而笑。他们擦了头油，洒了香水，容光焕发。指挥官的头发似乎也不那么灰白，上尉刮了脸，只在鼻子底下留了一撮火苗一样的小胡子。

尽管下雨，窗户依然开着。六点十分，男爵说他听到有车轮声。大家都奔过去，不久，那辆大车急切地驶来，四匹马在路上不停地飞奔，泥浆一直溅到背上，浑身冒着汗，呼吸急促。

女人们都下了台阶。"勤务"曾经拿了上尉的名片去找他的一个朋友，这是这个人精挑细选的五个漂亮妓女。

她们一口答应了。"干了这一行，有什么办法！"她们在心里对自己说，这是为了回答那一点没有泯灭的良心的谴责。

她们进了饭厅。饭厅一副惨相,在灯光下更显得十分阴暗。桌子上摆着肉食、贵重的餐具和从墙洞里找到的银器。上尉兴高采烈,很自然地把女人都拉了过来,从妓女所要求的角度估量她们。那三个年轻人各自都想挑一个,他断然反对,他主张由他按级别公正地分配。

为了不让人觉得有所偏袒,他让她们按高矮排列,用命令的口气对排在最前面的高个子说:"你叫什么名字?"

她高声回答:"费梅拉。"

他郑重其事地向大家宣布:"第一号,名叫费梅拉,归指挥官。"

接着他拥抱第二号布隆迪娜,表示归他所有。他把丰满的阿芒达分给中尉奥托,把"西红柿"夏娃分给少尉弗里茨。他把最矮的拉斯切儿,分给了最年轻的军官——威廉·冯·艾理克侯爵。拉斯切儿还很年轻,棕色头发,眼睛黝黑,是一个犹太人,对所有的犹太人都长着一个鹰钩鼻这条规律来讲,她的狮子鼻倒很特别。

她们都很漂亮,相貌也很相似,再加上长期在妓院生活,她们的身段与肤色也十分相似。

为了早早地把女人带走,三个年轻人借口说她们需要好好梳洗一番。然而上尉没有同意。他说她们都挺干净,完全可以上桌吃饭,而且上楼的人下楼以后一定希望进行交换,到时肯定会把原来的分配打乱了。他的经验使他占了上风。在等待的期间仅是接吻,接许多吻。

其间,拉斯切儿忽然咳嗽得很厉害。侯爵趁着和她接吻的时候,吐了一口烟在她嘴里。她没有发火,也没有吭声,但是她盯着她的占有者,黑眼睛里已经有一股怒气在涌动着。

等到大家都坐了下来,指挥官也好像非常愉快,他让费梅拉坐在他的右边,布隆迪娜坐在他的左边。他说:"你的点子妙极了,上尉。"

中尉和少尉表现得彬彬有礼,反倒使女人们觉得有点儿不好意思。然而冯·科尔瑞英格斯坦男爵贪酒好色,正巴不得有个女人,他满脸笑意,说了许多不堪入耳的话,他已经兴奋得够可以了。他用德国式的法语说着好话,他的那些下等酒馆里的恭维话,从缺了两颗门牙的嘴里冒出来,带着唾沫星儿,送到姑娘们的

耳朵里。

然而她们什么都没听明白。只有在他说猥亵话、说粗话的时候,她们好像无师自通,尽管他发音不准,她们也能领会。于是她们一个个都疯了似的乐起来,倒在身边男人的肚子上,学着男爵说的话。男爵为了引她们说淫秽话,装着把话说得走了调。她们也跟着学,刚喝头几瓶葡萄酒就已经醉了。她们积习难改,马上就恢复了她们本来的样子,一会儿吻右边男人的唇髭,一会儿又吻左边男人的唇髭;她们拧他们的胳膊,开始大声唱歌。

紧接着,男人很快为女人的肉体所陶醉。他们发疯,大喊大叫,打碎餐具;在他们背后呢,有几个表情木然的士兵伺候他们。

最后只剩下指挥官一人比较清醒。

"菲菲小姐"抱着拉斯切儿坐在自己腿上,他十分兴奋,可是外表冷静。他时而发疯般地吻着她颈子上乌木一般颜色的鬈发,鼻子伸进衣服和皮肤之间去嗅她身上散发着的气味;时而像头野兽般隔着衣服狠狠地拧她,拧得她大喊大叫。他还经常把她按到怀里,紧紧搂住不放,好像要让她和自己融为一体。他把嘴唇久久地压在犹太女人性感的唇上,吻得她喘不过气来。但是他又突然使劲儿地咬她,咬得那么深,只见一缕鲜血顺着下巴往下淌,滴到胸口。

她又一次盯着他。她把血揩干净,低声说:"哼,这笔账是要还的。"他笑了,一种无所谓的笑。"我会还的。"他说。

大家开始吃餐后点心,喝香槟酒。指挥官站起身来,用与他举杯敬祝奥古斯塔皇后健康时相同的声调说:

"为诸位夫人干杯!"大家纷纷祝酒,是醉汉向女人献殷勤时的那种祝酒,里面充斥着下流的玩笑话。因为对语言的无知,这些玩笑话显得更加粗野。

他们陆续地站起来,搜肠刮肚地寻找玩笑话,来竭力表现自己的幽默。女人们每一次都发狂似的鼓掌,她们双目呆滞,嘴里发黏,醉得浑身瘫软。

上尉也许是想增加此次狂欢的风流情调,他又一次端起酒杯,说:"为我们征服女人的心干杯!"

奥托中尉就如同一头黑森林里的狗熊,他喝得醉醺醺的,激动地站起来。他在醉酒后的一颗爱国心的激发下,大声喊道:"为我们征服法国干杯!"

几个女人虽然喝醉了,却都沉默着。拉斯切儿全身颤抖,转过身来说:"算啦,我见过许多法国人,他们在时,你就不敢这样说了。"

可年轻的侯爵笑了,他一直抱着她坐在他的膝头上,喝了酒以后他开始兴奋起来。"哈!哈!哈!我还从未见到过。我们一来,他们就没影儿了!"

那个姑娘愤怒极了,冲着他的脸叫道:"你胡说,坏蛋!"

有一秒钟的时间,就如同他盯着他用手枪打穿的那些画一般,他的浅色眼睛直视着她,接着他笑开了:"哈哈!好吧,让我们来谈谈那些人,美人儿!他们要是勇敢,我们怎么会来到这里!"他越说越激动,"我们是他们的主人!法国是我们的!"

她突然一挣,滑下他的膝头,坐在了椅子上。他站起来,把酒杯一直伸到桌子中间,继续说:"法国和法国人,法国的树林,以及田野和房屋都是我们的!"

其他的男人都已酩酊大醉。他们忽然在一群军人的激情的鼓动下,兽性大发,抓起酒杯,大声狂呼:"普鲁士万岁!"接着一口气喝光了杯子里的酒。

姑娘们没有表示抗议,因为她们心里恐惧,只能沉默。拉斯切儿也默不做声,因为她无法回答。

这时,年轻的侯爵把刚斟满的一杯香槟酒放在犹太姑娘的头顶上,嚷道:"全部法国女人也是我们的!"

她猛地站起来,水晶玻璃杯倒了,像施洗礼一样,黄澄澄的香槟酒都倒在她的黑头发上,然后酒杯掉到地上,摔得粉碎。她双唇哆嗦着,双目瞪着依旧笑着的军官,怒火冲天,连喉咙都哽得发不出声音。她用颤抖的声音说:"这,这,这,不是真的,哼,你们休想得到法国女人。"

他为了能痛快地笑个够,便坐了下来。他模仿巴黎口音说:"她说得好,她说得好。那么,小乖乖,你怎么会来到这里?"

她因为心情激动,一时没听明白,因此愣着没说话。等到她明白后,顿时怒火冲天,恶狠狠地冲着他嚷道:"我!我!我不是一个女人,我是一个妓女,普鲁士人要的正是这个!"

她话未说完,他就打了她一记耳光。可是当他又一次举起手时,她已经气得发了狂,从桌上操起一把吃餐后点心用的银质小刀,谁也没有注意到就一下子

笔直地刺进了他的脖了,刚好是胸口以上的那个凹陷部位。

他话还来不及说完,便卡在嗓子里。他张着嘴巴发愣,眼睛里露出令人恐惧的神色。

所有的军官都大叫着,乱纷纷地站起来,于是她把椅子扔向奥托中尉的腿,奥托中尉扑通一声摔倒在地。她乘机朝窗口逃去,在被抓住之前,已经打开窗子,跳进了大雨滂沱的茫茫黑夜。

过了两分钟,"菲菲小姐"死了。弗里茨和奥托抽出刀想杀死在他们面前哀求的女人。少校费了好大的劲儿才制止了这场屠杀,叫人把四个吓呆了的姑娘都关在一间房子里,派两个人看守。接着,又下令追捕逃跑的女人,坚信一定能把她抓住。

50 名士兵被派往大花园,其余 200 人则搜索树林和居民家。

片刻之间,餐具撤下,饭桌改成了灵床。四个军官态度严肃,酒早已醒了,脸上露出军人作战时的那种冷酷表情。他们沉默不语,一直守在窗口,探究这无边的黑夜。

瓢泼大雨仍不停地下着。黑暗中只有哗哗的雨声,由降落的水、地上流动的水、滴下的水和迸起的水合成的飘忽的声响。

突然远处传来两声枪响。四个小时之内断断续续有枪声传来,忽而近,忽而远。加上集合的喊声,奇怪的叫嚷,像是在互相招呼。

所有的人都回来了,在这次行动中,有两个士兵被自己人打死,三名被自己人打伤。

然而,拉斯切儿并没有找到。

这里居民的住宅被弄得乱七八糟,整个地区都被踏遍、寻遍、搜遍,也没有一点儿那个姑娘的踪迹。

将军听到报告后,怕引起不良影响,命令暗中了结此事。少校受到纪律处分,少校也处分了他的下级。将军曾说过,打仗不是为了玩女人。冯·法尔斯贝格伯爵大怒,决定向当地人报复。

他要找一个借口,好为所欲为地进行报复,他把教堂神甫找来,让他在冯·艾理克侯爵的葬礼上打钟。

出人意料的是,神甫很快答应了,而且态度温顺、谦恭、满怀敬意。"菲菲小姐"的尸体被几名士兵抬到公墓去,尸体周围站满了士兵,他们荷枪实弹。这时,那口钟第一次敲响了丧钟,节奏舒缓轻松,像受到友爱的手抚摸一样。

奇怪的是,之后这钟每天都响,而且叮叮当当响个不停,你要它怎么打,它就怎么打。甚至有时候它不知疲倦地在夜间醒来,怀着让人惊奇的欢乐心情,轻轻地把两三下叮当声送进冥冥黑夜之中。当地的人都说它中了魔。从此,除了本堂神甫和圣器室管理人,没有人走近钟楼。

原来有一个可怜的姑娘住在上面,过着不见天日的生活,有两个人轮流送东西给她吃。

可怜的姑娘一直在钟楼上待到德国撤离,教堂的神甫用一辆马车把她送走,她又回到了妓院。一位好心的爱国者帮助她离开了那个地方,他没有偏见,爱她的英勇行为并娶了她,使她成为一个和别的夫人一样值得敬重的夫人。

一个疯女人

这是马希尔·特昂坦先生讲述的一桩惨事。

普鲁士人入侵高尔梅依镇。当时，我与一个疯女人为邻，她 25 岁那年，在短短一个月中失去了父亲、丈夫和新生婴儿，接二连三的打击使她精神失常。

死神总是熟门熟路地光顾这所房子。

这位可怜的年轻女人经受不住这种惨痛的摧残，从此便卧病不起了，整整一个半月始终神志不清。当这一切过去之后，随之而来的又是一种宁静的倦怠。她躺在那里，动也不动，几乎不进食，只是眨着眼睛。每当别人要她起来的时候，她便大喊大闹，好像别人要杀了她似的。没办法，只好随她这样。

一个年纪很大的女用人守在她身旁，不时地给她点儿水喝，或吃一点儿冷食。而这个濒于绝望的生命究竟在想什么呢？大家始终不得而知，因为，她从此没说过一句话。或许她在想念死者？她伤心地想着却又什么都想不起来？或者，她的头脑已经像一潭死水一样停止不转了？她就这样不死不活地躺在床上长达 15 年之久。

战事发生了。十二月初，普鲁士人长驱直入攻到这里。

天气异常寒冷,都快要把石头冻裂了。我痛风病发作,正躺在沙发上,哪儿也不能去,我听见了普鲁士人沉重而节奏鲜明的脚步声。我从窗户望见他们列队依次而过。

整个队伍成纵队前进着,一眼望不到边,士兵们如出一辙,全都用特有的那种木偶似的机械动作行进着。接着,长官们把这些士兵分到各户居民家里去住宿。有 17 人到我家来住。那疯女人家也分配到了 12 名,其中有一个指挥官,一副十足的兵痞模样,凶狠残忍。

刚开始几天,倒也没有什么,大家都相安无事。因为事先有人跟这名军官打了招呼,说明这里的女主人有病。开始他对此也并不在意,但隔了不多久,这个不露面的女主人让他很恼火。他向别人打听病人的情况,别人回答他,说她深受刺激,像这样已有 15 年之久。毫无疑问,这些回答让他不满意,他认为这个疯子是出于傲慢无礼才不出来的,因为她不想见到普鲁士人,更不想和他们说话,所以才不出来见他们。

于是,他想见见这个疯女人,别人把他带进疯女人的卧室。他语气生硬地说:

"台台(太太),请令(您)起来,到楼恰(下),让大家接接令(见见您)。"

她漠然地看着他,没说话。

他接着说道:

"你这么无礼,令吾(我)难以忍受,令扑(您不)心刊(心甘)情愿地起床,吾(我)总会有办法的。"

她仍旧一动不动,毫无表示,好像根本没听到有人说话一样。

军官恼羞成怒,认为这是奇耻大辱。于是,他又说道:

"给令(您)一天时间,要还不恰(下)楼的话……"

往下什么也没说,就走了。

第二天,老用人很害怕,想替女主人穿衣服,但她声嘶力竭地号叫挣扎,不肯穿衣起床。楼下的那个军官听见后,立刻上楼来。老用人惊慌失措地跪倒在他面前,苦苦哀求:

"她不起来，军官先生，我家主人不愿起来。请您宽恕她吧，她是多么不幸啊！"

这个残忍的军官怒不可遏，他很为难，毫无办法。突然，他放声大笑，用德语对部下喊话。

不久，就见一队士兵不知从哪里抬着一张床垫出来了。疯女人对什么事都满不在乎，只要能躺着就行。始终默不做声的疯女人仍然安详地躺在这张丝毫没有弄乱的床上。一名士兵跟在后面，手里拎着一包女人衣服。

军官嘿嘿一笑，说道：

"吾（我）们倒要侃侃（看看）令（您）能不能自己串（穿）衣服，去散散步。"

然后，这一行人朝依莫维尔森林的方向出发了。

大约两个小时后，出去的士兵空手而返。

这个疯女人消失了。他们究竟如何处置了她？究竟把她弄到哪里去了？没有人知道。

大雪日夜不停地下着，整个世界全都掩埋在皑皑白雪之中，寒意透骨，狼群一直跑来，在我们屋子前面嗷嗷地叫着。

这个疯女人一直让我放心不下，我多次向普鲁士当局交涉，始终毫无结果，还差点把命搭上。

春暖花开，德军撤走了。邻居院子仍旧紧闭着，小院里杂草丛生。

那个忠心耿耿的老用人已在那年冬天死去了。这件事从来没有人记起，唯独我还总是念念不忘。

普鲁士人究竟把这个疯女人弄到哪里去了呢？她自己跑了，或是有人收留了她，又不知怎么回事，把她送进医院了。任何想法都不能解答我的疑惑。时光渐渐消减了我的不安。

第二年秋天，我去林中打山鹬。我已经击毙了四五只这种长嘴鸟。这时，我又击毙了一只，谁知，它掉进满是树枝的沟渠里不见了。我跳下去寻找，在一个死人骷髅旁我找到了它。见到这堆骷髅，疯女人的往事一下子涌上我的心头，我全明白了，仿佛当胸挨了一拳。在那个动乱的年代里，不知还有多少人饮恨

惨死在这里。但不知为什么，凭直觉，我敢断定，我所看到的这堆骷髅正是那个可怜的怪癖女人的尸骨。

我顿时全想通了，当时那些可恶的普鲁士人就是让她躺在床垫上，把她扔进了这个冰天雪地的世界，而她则宁可冻死也不愿动一下，厚厚的积雪掩盖了她。

再后来，狼群吞噬了她。

那被撕碎的床垫的羊毛也被鸟儿衔去筑巢了。

这件伤心往事让我们看到了战争的残酷。

两个朋友

巴黎被包围了，城市被饥饿笼罩着，甚至于麻雀、老鼠都不见了，人们什么都肯吃。

一个正月的早晨，天气很好，钟表匠莫里索先生饿着肚子在大街上闲逛。他遇到了他的朋友萨瓦格先生。

以前，每逢星期日，莫里索都拿着竹竿去钓鱼。他乘坐开往阿尔让特伊的火车，然后再到哥隆布下车，徒步走到玛朗特岛。他对这个地方情有独钟，每次都到这里来垂钓。

每个星期日，他都能在那个地方遇见萨瓦格先生——洛莱特圣母街的服饰用品商，他身材矮胖、性情豪爽，同样也是个钓鱼迷。这俩人常常握着钓竿，并排地坐上半天。不用说，他们的友谊也是从这里开始的。

他们有时候一整天也不说一句话，偶尔能聊上几句。尽管这样，他们之间也都相互了解，志趣相投让他们的友谊十分深厚。

一个春日的上午，阳光又恢复了往日的活力，静静的河面薄雾缭绕，两个亲爱的伙伴也感到了温暖。莫里索这时会对他旁边的萨瓦格先生说："嗯!真的很舒服!"而萨瓦格先生也有同感，接着钟表匠的话说："的确，再也没有比这更舒服的了。"对他们来说，这两句话已足够让他们彼此相互了解和尊重的了。

秋天,傍晚来临时,夕阳已经把天空照得通红,绯红色的云倒映在流水中,整条河被染成了紫色,天边就像起了大火,两个朋友也笼罩在一片红光中,凋落的树木预感到冬天就要来到,簌簌地颤抖着,也镀上了一层金色。此时萨瓦格先生面带微笑地看着莫里索,说:"多好的景致!"而心境开阔的莫里索也会目不转睛地盯着他的浮子,回答:"比林荫大道的景致美多了。是吗?"

这一天,他们认出彼此后,就马上亲热地握手,没想到会在时过境迁的环境中相见,心里都很兴奋。萨瓦格先生叹了口气,嘟囔着说:"变化真大啊!"莫里索也感慨地说:"多好的天气啊!今天,是今年遇到的第一个好天气。"

天空确实是一片蔚蓝,洒满了阳光。

他们怀着心事,忧郁地并排走着。然后莫里索又说:"还钓鱼吗?嗯!回想起来真是有趣!"

萨瓦格先生问:"咱们什么时候能再到那儿去?"

他们来到一家小咖啡馆,每人喝了一杯苦艾酒,接着又继续在人行道上徘徊。

莫里索突然停下来说:"再喝一杯,怎么样?"萨瓦格先生同意:"随您便。"于是他们又走进了一家酒店。

出来时,他们晕晕乎乎的,像一般空着肚子喝酒的人那样,感到有点儿晕头转向。天气暖和,和煦的微风柔柔地吹拂着他们的面颊。

萨瓦格先生被微风一吹,更加醉了。他停下脚步,说:"我们去吧?"

"去哪里?"

"当然是去钓鱼。"

"去哪里钓?"

"就是我们的那个岛上,哥隆布附近有法国军队的前哨阵地。那儿的杜穆兰上校我认识,绝对没问题,他们会让我们过去的。"

莫里索连忙答道:"就这么定了!我同意。"他们马上分头去拿钓鱼用具。

一个小时之后,他们一起走在了公路上。他们来到上校占用的那座别墅。听过他们的要求,上校笑了笑,同意了他们的这个怪想法。然后,他们带着通行证,一直往前走。

一会儿之后,他们就通过前哨阵地,穿过荒凉的哥隆布,来到了几块面积很

小的葡萄地的边上，葡萄地在斜坡之上，坡下就是塞纳河。这时大概是十一点。

对面的阿尔让特伊村看上去毫无生气。奥热蒙和萨努瓦这两个山冈俯瞰着附近一带。辽阔的平原一直延伸到南泰尔，除了光秃秃的樱桃树和空空的耕地以外，其他什么也没有。

萨瓦格先生用手指着山冈，轻声说："普鲁士人就在那上面！"再看看这片荒凉的田野，这两个朋友吓得手脚发软。

他们从未见过普鲁士人，可是几个月来，他们一直感觉到这些人就在巴黎附近，正在蹂躏法国，到处抢劫、屠杀，造成饥荒。尽管没见过，可是能感觉到他们的强大。他们对这取胜的陌生民族除了愤恨以外，还带有一种接近迷信的惧怕心理。

莫里索吞吞吐吐地说："嗯！万一碰上他们怎么办？"

萨瓦格先生以巴黎人常用的那种幽默口吻回答：

"我们就请他们吃煎鱼。"

可是周围是那样的安静，他们被吓得犹豫不前，不敢唐突地闯到田野里去。

最后，还是萨瓦格先生下了决心："前进！只是要特别小心。"他们躬着身子，利用一丛丛的葡萄藤作掩护，圆睁双目，支着耳朵，沿着一片葡萄地爬了下去。

现在只剩一长条光秃秃的地面，走过它就到达河岸了。他们拔腿就跑，跑到河边马上蹲在了干枯的芦苇丛里。

莫里索脸颊紧贴地面，想听听附近一带是否有人走动。他什么也没听见。周围没人，肯定没有。

他们放心了，开始钓鱼。

荒无人烟的玛朗特岛就在前面，遮住了河对岸的视线。岛上的那家小饭馆门窗都关上了，似乎是被抛弃在这里好多年了。

一条鮈鱼被萨瓦格先生钓到。莫里索也钓到了一条，他们接连地拉起钓竿，每一次钓丝上都有一个来回摇晃的银光闪闪的小家伙。真是成绩很好的一次钓鱼。

他们细心地将鱼放进一个网眼很密的网兜，网兜泡在他们脚边的水里。他们感到说不出的高兴，只有在你被迫放弃了一种心爱的活动，很久以后又重新得到的时候，才会有这样的感受。

温暖的阳光把他们的双肩晒得暖暖的，他们什么也不听，什么也不想，忘了

世界上的一切，除了钓鱼。

但是，刹那间轰隆一声，好像是从地底下发出来的，震得地面发颤。大炮又打响了。

莫里索转过身，隔着堤岸看了一眼左边，远远地望见了瓦莱利昂山的高大轮廓，山头上有一团白雾，那是从炮口喷出来的硝烟。

紧接着又是第二团烟，从要塞顶上冲出。一会儿之后，才传来了新的爆炸声。

爆炸声一阵接一阵，山峰上散发着死亡的气息，喷出乳白色的烟雾，在安静的天空中慢慢上升，凝结成一片云，压在山头上。

萨瓦格先生耸了耸肩，说："他们又交火了。"

莫里索正紧张地看着不断沉下去的浮子上的羽毛，突然间这个性情温和的人，对那些正在互相残杀的疯子发起了脾气。他愤怒地说："只有傻瓜才会这样自相残杀！"

萨瓦格先生回答："连畜生都不如！"

莫里索恰好钓上来一条欧鲌，说："你不妨想想，只要这种政府还存在，这种情况就不会改变。"

萨瓦格先生插嘴说："要是共和国就不会宣战了……"

莫里索打断他的话说："有了国王，我们就要同外国打仗；有了共和国，我们就要打内战。"

他们冷静地讨论着，用他们那心地纯真而见解有限的人的健全理智，分析着重大的政治问题。最后他们达成一致，那就是人类永远不会得到自由。瓦莱利昂山一直在轰隆轰隆地响着，用炮弹捣毁法国人的房屋，粉碎法国人的生活，残杀法国人的生命，毁灭数不清的梦想、无数欢乐的期待和幸福的希望，并且在远处，其他地方，贤妻良母的心上，爱女的心上，制造出根本无法治愈的伤痕。

"生活就是这样。"萨瓦格先生说。

"不如说这就是死亡。"莫里索微笑着回答。

可是他们猛地打了一个冷战，因为他们明显感觉到背后有人走动。他们扭过头去，见到四个人，四个身材高大、全副武装、蓄着大胡子、头戴平顶军帽的人，已经站在了他们的身边，正用步枪对着他们。

两根钓鱼竿落到了水里,顺着河水漂走了。

转眼之间,他们就被抓住,绑起来带走,丢上一条小船,送到对面的岛上去了。

在那所他们原以为无人居住的屋子后面,他们又见到了二十多个德国兵。

一个汗毛浓密巨人似的家伙,骑在一把椅子上,抽着一根特大的烟斗。他用一口流利的法语问他们:"喂,先生们,鱼钓得很好吧?"

这时候,一个士兵带来了他们钓的满满的一网兜鱼,放在了军官的脚下。这个普鲁士人笑着说:"怎么样,我说你们的收获不错吧。只是我们现在要讨论一件别的事。请听我说,不要害怕。我认为,你们是两个来侦察的间谍。我抓住你们,就会把你们枪毙。你们装着钓鱼,是为了更好地遮掩你们的阴谋。你们落在我的手里,是活该,这就是所谓的战争嘛。

"但是,你们是从前哨阵地过来的,一定知道口令,告诉我口令,就饶了你们。"

两个朋友并肩站着,脸色苍白,紧张得双手不断抖动,但是他们没有说什么。

那个军官又说:"这件事情无人知道,你们尽可以放心地回去。你们一走,这桩秘密也就跟你们一起消失了。要是你们拒绝,那就只有死路一条,而且立刻就得死。你们自己决定吧!"

他们依然站着没动,一声不吭。

普鲁士人依然平静,他指着河水,继续说:"想想看,再过五分钟,你们就要葬身水底了。五分钟以后!你们肯定有妻儿吧?"

瓦莱利昂山依然轰隆隆地响着。

两个钓鱼人还是默不做声地站在那里。德国人用本国语言下了几道命令,接着把椅子挪得离这两个俘虏远一点儿,十二个士兵走过来,枪柄靠着脚尖,在二十步远的地方站着。

军官又说:"我再允许你们想一分钟,多一秒钟也不行。"

接着,他突然站起,走到两个法国人面前,抓住莫里索的胳膊,把他拉到一旁,轻轻地说:"快点儿说,口令是什么?你那位朋友绝不会知道,我可以假装同情你们。"

莫里索什么也没说。

普鲁士人又把萨瓦格先生拉到一旁,向他提出了同样的问题。

萨瓦格先生也没有回答。

他们又并肩站在了一起。

军官开始发号命令。士兵们端起了枪。

这时候，莫里索的目光偶然落到几步以外的草地上那只装满鲍鱼的网兜上。

那些依然扭动的鱼被太阳光照得闪闪发光。他猛地感到支持不住了，虽然努力忍住，可还是热泪盈眶。

他结结巴巴地说："再见了，萨瓦格先生。"

萨瓦格先生回答："再见了，莫里索先生。"

他们握住彼此的手，全身不由自主地颤抖。

军官喊道："开枪！"

十二支枪一起响了。

萨瓦格先生脸朝地，笔直地倒了下去。比较高大的莫里索摇了几下，才仰面横倒在他朋友的身上，血从被子弹打穿的前胸汹涌喷出。

德国人又下了几道命令。

他手下的士兵离开，接着又带着绳索和石头回来，把石头绑在两个死人的腿上，绑好后抬着他们到了河边。

轰隆轰隆的炮声依旧响着，瓦莱利昂山现在似乎笼罩在烟雾之中。

两个士兵一个抬头、一个抬脚地抬起莫里索先生，另外两个士兵也照样抬起了萨瓦格先生。他们把两具尸体来回荡了几次，用力抛得远远的。尸体划出一道弧线，然后，绑着石头的双脚朝下，笔直地掉进了河里。

河水被溅起，翻滚、动荡了一阵，又平静下来，一圈圈的涟漪一直漾到两岸。

河面上漂着一些血。

那个态度一直很温和的军官轻轻地说："现在该轮到鱼了。"

然后他走向那所房子。

突然，他看见了草地上的那一兜鱼，拿起来，瞧了瞧，笑着嚷道："威廉！"

跑过来一个系白围裙的士兵，普鲁士人把那些小鱼扔过去，吩咐道："还活着，给我煎一碗。味道肯定很鲜。"

说罢他又抽起了烟斗。

孤儿

一个因烫伤而变得面容丑陋的小姐，在处境凄凉的境况下收养了一个男孩，她36岁，不打算嫁人。这个男孩是一个寡妇生的，生下男孩，这个女人就死了，然后这位舒尔斯小姐收留了他，让他上学，从此空荡荡的房子有了生气。

舒尔斯小姐有一栋很精致的乡间住宅，离雷恩仅有16公里左右的路程。自从这个孤儿上门后，她已不再雇女用人了，因为，家中的开支增加了两倍多，3 000法郎的年薪维持不了三个人的生活。

现在她自己料理家务，派孩子去买东西，料理花园。她腼腆、温柔、善解人意、沉默寡言。男孩称她姨妈，待她如母亲一般。当她被男孩拥抱时，男孩并没有因为她容貌丑陋而吃惊或害怕，她内心深处感到无比的高兴和快乐。

每当晚上，两个人围炉而坐，她做可口的饭菜，还会温些酒，再烤几片面包，这是很美味的夜宵。她经常抱他坐在膝上，用手轻轻抚摸着他，还低语一些温柔热情的话。他把小脑袋伏在舒尔斯小姐肩上，听她温柔的话语："我的宝贝，我可爱的孩子，我可爱的天使，我的小花儿。"

男孩虽然15岁了，可体质很弱，个子很矮，一副病态。

偶尔，舒尔斯小姐领着他进城去看望她的两位远房表姐妹，她们都嫁到市区附近，是她仅有的亲戚。因为牵涉到遗产的问题，这两位妇女一直责怪她不该

收养这个孩子,但是,她们依然殷勤地接待她,因为还盼望着能得到她的一份遗产,如果平分她的遗产,那么,不用说,她们能各分得三分之一。

她觉得很快乐,时刻都在为孩子忙碌。为了充实他的思想,她为他买了一些书,然后,他开始认真地阅读起来。

如今在晚上,他已不再像从前那样爬到她的膝上撒娇了,而是坐在紧挨壁炉的小椅子上,翻开一卷书。放在小桌边的台灯照亮他头顶上的卷发和前额的一块皮肤,他就这样坐着,一动不动,眼也不抬,安静地阅读着,完全被书中的惊险情节所吸引。

她坐在他对面,目不转睛地看着他,对他这样聚精会神感到非常惊讶和嫉妒,常常想放声大哭。她经常对他说道:"你会累坏的,我的宝贝!"她指望他能抬起头并过来拥抱她,但是,他毫不理会她,像没听见她的话,也没领会她的用意,只注意书上读到的东西,其他的一概置之不理。

两年来,他博览群书,性格变化很大。

后来,他多次向舒尔斯小姐要钱,她也就给了他。因为他索要的钱款不断增多,最后,她拒绝给钱了,因为,她凡事有条不紊,又有毅力,而且,她十分理智。

一天夜里,经过他无数次哀求,她又给了他一大笔钱。但是,过了几天,他又哀求她,向她要钱,舒尔斯小姐便坚决不给了,实际上,她再也不想放纵他了。

他似乎对此也习惯了。

他又与以前一样了,喜欢一动不动地坐上几个钟头,他双目低垂,沉湎在梦幻之中。他甚至不与舒尔斯小姐交谈,最多是以简洁而准确的话语回答她的话。

但是,他依旧对她很不错,照顾也很周到,不过,他不再拥抱她了。

现在,每当晚上他们俩都无话可说,沉默地相对坐在壁炉两边时,他有时甚至使她感到恐惧。她想把他从沉思中唤醒,随便与他说点儿什么,以便摆脱像在一片漆黑的树林中所感到的那种骇人的安静。但是,他好像根本没听见她在说话,她接连向孩子问了五六次话也没有得到一句回答,此时,这位可怜的妇人害

怕得浑身颤抖不已。

她经常一个人流泪。

他到底怎么啦？如果她想让他干什么，他会毫无怨言地去做。如果她需要进城去买些什么，他立刻就去。舒尔斯小姐实在是没什么可抱怨的，确实没有！然而……

又过了一年，她感到这个年轻人的头脑中又发生了一种新的变化。她意识到了，也感觉到了。到底怎么样呢？她肯定自己的判断没错，但究竟这个古怪男孩的捉摸不透的思想有什么变化，她也说不清到底是什么。

她感到，他就像一个犹豫不定的人那样，这时突然下定了决心。她这一想法是在一天晚上碰到他的目光时产生的，那种停滞而又奇特的目光她从未见过。

从那以后，年轻人经常那样看着她，她真想躲藏起来，离开落在她身上的冰冷的目光。

足有好几个晚上，他盯着她看，她实在受不了了，就对他说道：

"孩子，不要这样看着我！"

只有到了这个时候，他才不再注视她。

接着，他把头低下来。

可等到她转身的时候，他似乎还在盯着她。不管她走到哪里，他总是用他那种巡视的眼光紧盯着她。

偶尔，她在小花园里散步，她会发现他蹲在花丛中，似乎在埋伏着等待她，或者，当她坐在屋前补袜子，他会一面干活儿一面窥视她。

于是她问他道：

"孩子，你三年来怎么变成这样了？我简直都认不出你了。你可不可以告诉我你有什么事，想做些什么？告诉我吧。"

可什么效果也没有。

他总是镇静地用同样的话回答：

"姨妈，我没事儿！"

她非要弄个究竟，问道：

"唉！我的孩子，回答我，你知道我多想知道吗？如果你知道你使我心里多么难受，你就应该回答我，而不是这样注视着我了。你现在是不是有什么烦恼？告诉我，我会帮助你的……"

他于是会很不耐烦地走开，嘴里嘀咕道：

"我说过没事的。"

他虽然长得很成熟，可还像个孩子似的。他脸部线条很明显，但尚未定型。他像是一个还没完全发育成熟的小孩子，但又令人不安。这是一个深藏不露、叫人很难理解的人，在他内心仿佛进行着危险的精神活动。

舒尔斯小姐深深地感到一种恐惧向她袭来。她闩上房门，实在害怕极了！

她为什么要害怕呢？

她自己也不知道究竟为什么。

她的确很害怕，怕黑夜，怕深宅大院，怕月光穿过窗帘投射进来的古怪的影子，然而她更怕他。

她究竟怕什么呢？她也无从知道！

她再也不能这样了！她敢肯定，有某种不幸，有一桩飞来横祸正笼罩着她！

有一次她上亲戚家向她们叙说了这一切。两位亲戚觉得她疯了，努力地设法使她放宽心。

她惶恐地说道：

"你们说，他从早到晚这样盯着我！眼睛都不眨一下地盯着我！有些时候，我真想喊救命，把邻居叫来，我真是怕极了！可是，我跟他们说什么好呢？他又没做错什么，只是注视着我呗。"

两位亲戚问道：

"他是否有时对您不礼貌呢？他有没有没好气儿地回答您的问话呢？"

她回答道：

"没有，一直也没有，他很听话，活儿干得也不错，现在，他很守规矩，可是，我怕得不行了。他的脑袋里有东西在作祟，这我敢肯定，肯定是这样。我再也不想这样单独跟他待在那里了。"

两位亲戚为了遗产，希望她住到城里来。她们甚至还答应帮她变卖住宅，并

且帮她另找一幢挨她们近的房子。

舒尔斯小姐回到她乡下的住所,然而,她的情绪很不稳定,思绪混乱,以至于只要一点点声响就吓得受不了,几乎快神经错乱了。

经过再一次商议,她决定搬离她的那个可怕的寓所。她挑中了镇上的一幢小屋,并悄无声息地将它买下了,在一个星期二的上午签署了契约,接着,当天剩余的时间舒尔斯小姐全都用来准备搬迁。

那天晚上,她搭马车回家,她让车夫在平时她下车的地方停下来。车夫一边挥动着鞭子,赶着马匹,一边很友好地对她说道:

"舒尔斯小姐,再见,晚安!"

她跳下车,边赶路边答道:

"谢谢你,约瑟夫老爹,再见。"

第二天一大早,邮差发现路上有摊血迹。他心想:"瞧!不知哪个醉鬼鼻子出血了。"可是,走了十步远后,他发现有一块手帕,上面也全是血迹。他拾起手帕,手帕质地很不错,纳闷儿的邮差走近那条沟渠,他发现了一个很古怪的东西。

舒尔斯小姐躺在沟底的草上,喉咙被刀割断了。

不多时,在尸体的周围,警察、预审法官和许多官方人士作着各种稀奇古怪的猜测。

两位亲戚来作证,她们讲了老姑娘的恐惧,还有她最近准备做什么。

警察逮捕了孤儿。在那位抚养他的老人去世后,他整天都哭,起码表面看来,他心里很难受,似乎沉浸于深深的痛苦中。

他说他那天晚上在咖啡馆里待到很晚,过了十一点了。有十个人瞧见他在那里,因为,他们一直在那里,直到他离去。

公共马车的车夫作证说,他在晚上九点半到十点之间将被害者带到大路旁,并且她在那里下了车。凶杀只能在从大路到死者的家之间发生,最晚不会超过十点。

被告被宣布无罪。

早已经立好的遗嘱存放在雷恩的一位公证人那里,这份遗嘱使孤儿继承了她的全部遗产。

在相当长的一段时间里，大家都一直怀疑他。他的房子，以前是死者的住所，如今被视为凶宅。在路上，大家也都躲着他走。

可是，他随和亲切地对待所有的人。他很慷慨，和蔼可亲，与下等的贫民交谈，只要别人愿意，他就同他们聊个没完。

孤儿用笑容打动了公证人拉摩先生。有一次，他在税务官家吃晚餐，正吃的时候，他说道：

"一个人这样侃侃而谈，而且总是乐呵呵的，想必没有做什么坏事，不可能犯下如此大的罪恶。"

席间许多人细细想来也同意这个观点。他们回想起这个人的谈话，他在路边几乎是强迫他们停下脚步，把自己的想法告诉其他的人。当他们路过他家的花园时，他就硬要他们上他家去。他比警察总队队长本人还会开玩笑，而且快乐的情绪很有感染力，因此，尽管人们都对他很反感，但也情不自禁地与他一起开怀大笑。

镇里所有的人都愿意接纳他。

到现在，他已经是镇上令人尊敬的镇长了。

绳子的故事

这天是赶集的日子，戈代维尔周围的每条路上都有农民带着妻子来赶集。那些男人们因长期劳作，腿都变了形，罩在身上的衣服也十分肥大，像要升空的气球，只不过多了几个窟窿露出手脚而已。

有的人牵着母牛或仔牛，女人则在后面抽打着牲口，催它快走。她们的胳膊上挎着个大大的篮子，从篮子这边钻出几只鸭子的脑袋，那边钻出几只雏鸡的头。她们走路步子很小，但走得急促，身子干瘪瘪的，但是挺得笔直，披着一块窄小的披肩，头上用白布裹着，再戴一顶软便帽。

一辆载人的马车颠簸而过，拉车的小马一颠一蹦地紧跑着，颠得车上的人东倒西歪，车后面的一个女人为了减轻颠簸，紧紧地握住车沿儿。

集市的广场上十分拥挤，人和牲口混杂在一起。只见着牛犄角、富裕农民戴的长毛绒高帽子和乡村妇女的便帽在集市上攒动。刺耳的叫声接连不断，偶尔也有乡下汉子快乐的笑声，或者是母牛发出的叫声。

牛圈、牛奶、厩肥、干草和汗水的气味笼罩着这里的一切，并且有一种农民身上散发出来的酸臭味。

住在布雷泰村的老头儿奥什科纳走进戈代维尔，刚好看见地上有一根绳子。作为地地道道的诺曼底人，节俭是他们的本性，他们觉得凡是有用的东西都应该收好。因为有风湿病，他很费劲儿地弯下腰去。他从地上捡起绳子，正预备仔细地缠起来，只见马具皮件店老板玛朗丹正站在店门口看着他。他们过去曾经为了一点儿小事吵过架，两个人都很小气，至今也没有言归于好。偏偏让他看到了这一切，这使老头儿觉得很没面子，连忙把捡到的东西藏进裤子口袋。随后又假装在找东西，可是却没有找到的样子，然后就佝偻着身子，朝市场走去了。

不一会儿他就消失在人群中了。赶集的人群，因为不停的讨价还价而吵吵闹闹。那些乡下人看了看母牛，犹犹豫豫，总是怕上当受骗，一直拿不准主意，想看透牛主人的心思，想识破卖主的诡计，查出牲口是否有问题。

女人们把大篮子放在面前，从篮子里掏出惊慌失措的家禽，搁在地上。

她们听了顾客给的价，故作深沉地坚持卖原价，或者突然间同意了这个价钱，向那个有意离去的买主喊道：

"可以，可以，昂蒂姆大爷，你可是占便宜了。"

广场上的人逐渐散去，教堂敲响了午祷的钟声，家离这儿太远的人都住进了客店。

茹尔丹开的饭店里挤满了来赶集的人，宽敞的院子里也停满各种款式的车子，有两轮篷车，有平板车，有轻便车，有四轮车，还有一些叫不出名的车子，满是黄泥，有些已经变了形。

来吃饭的人都安静了下来，壁炉里的火烧得很旺，把人们烤得昏昏欲睡。用来烤肉的三根铁扦不停地转动着，每根扦子上都穿满了肉，烤肉的香味和烤焦了的皮上淌着油汁的香味，溢满了整个房间，使得人们食欲大增。

那些乡下人中间的有钱人都在茹尔丹老板这里吃饭，茹尔丹不仅开客店，而且还当马贩子，是个很有钱且很聪明的人。

菜上得快，吃得也快，苹果酒也一罐接着一罐喝完。每个人都谈论着他们的生意状况。他们关心农田的状况。天气对草料来说还可以，对麦子来说可就不行了。

前面院子里，这时响起了隆隆的鼓声。除了少数几个漠不关心的人，大家都不约而同地离开饭桌，向门口或者窗口奔去，嘴里还嚼着吃剩的食品，手里拿着餐巾。

通告政府公告的人敲了一阵鼓以后，就结结巴巴地宣读：

"兹特通告戈代维尔居民，还有……前来赶集的人，有人在伯兹维尔的大路

上,在九、十点钟之间,丢了黑色皮夹子一只,里面有五百法郎及商业票据。假如谁捡到了,请立即送还……镇政府或玛纳维尔的福蒂内·乌尔布雷格先生,当有二十法郎酬谢。"

说完,这个人就离去了。不久,从远处还隐隐约约传来一阵低低的鼓声和他的叫喊声。

于是大家又有了新的议题,讨论乌尔布雷格先生能不能找回他的东西。

大家吃完饭后,又喝了一杯咖啡,这时宪兵队长出现在门口。

队长问道:"这里有位叫奥什科纳的先生吗?"

坐在角落里的奥什科纳先生接口道:"我就是。"

宪兵队长说:"奥什科纳先生,请您跟我走一趟,镇长有话要问您。"

奥什科纳有些紧张,一口喝完了摆在他面前的酒,站起身来,身子弯得更厉害了,因为每次休息后,走前几步路都特别困难。他一边走,一边不停地说道:"我就是。"

他脚步蹒跚地跟着走了。

镇长正在悠闲地等他。镇长是本地最大的官了,身体臃肿,很有威严,说起话来喜欢夸大其词。

"奥什科纳先生,"他说,"听说你今天早晨在伯兹维尔的大路上,捡到了玛纳维尔的乌尔布雷格先生的钱包?"

这个乡下人惊愕地望着镇长,镇长这番莫名其妙的话把他给震住了。

"我捡了一个皮夹?"

"没错,是你。"

"我发誓,我没做过。"

"确实有人发现是你捡的。"

"谁说是我捡到的?"

"马具皮件商玛朗丹先生。"

老人好像忽然明白了什么,气得浑身颤抖:

"啊!是这个浑蛋看见我捡的!可是我捡的是绳子啊,喏,就是这个,镇长先生。"

他在口袋里翻找了一会儿,掏出了早晨捡到的绳子。

可是镇长用怀疑的口气说:

"乡巴佬,你就别装模作样了,玛朗丹是诚实的人,他怎么会撒谎呢?"

老人气极了,举起了手,狠狠地朝地上吐了一口唾沫,这代表着以他的人格起誓,他又重复了一遍:

"这绝对是千真万确的,镇长先生,你就相信我吧。我可以在上帝面前起誓。"

镇长又说道:"在捡到钱包之后,你居然又找了半天,想知道还有没有了。"

这个老人被恐惧和气愤笼罩着,简直透不过气来。

"怎么能这样,难道要用谎言来诬赖我这个老实的人吗?"

他的话根本就没人听。

后来玛朗丹先生被找来对质。玛朗丹先生又重复了一遍,并且非常肯定。他们两人对骂了一个钟头。根据奥什科纳先生自己的请求,让人在他身上搜,可是什么也没发现。

镇长也没了主意,最后只好把他先放回去,不过告诉他这个案子要报告检察院,叫他随传随到。

这时,这件事已经在镇上传开了。老头儿一走出镇政府,立刻就被人围住,问这问那,有的确实是出于好奇心的驱使,有的却连挖苦带讽刺,但是没有一个人站出来说句公道话。他把这事从头到尾说了一遍,但谁也不信,大都认为他在说谎。

一路上,他不是告诉别人就是别人问他,他一遍又一遍重述着他的故事,讲述他的冤情,并且翻遍了全身叫他们看。

那些人无不讥讽地说:"别装蒜了!"

他非常恼火,他不知道该怎么做别人才会相信他,只好不停地、反反复复地诉说着这件事的经过。

傍晚的时候,他跟三个乡亲一起往回走,经过捡到绳子的地方,他就让他们看,一路上谈论他的遭遇。

晚上,他走遍了整个村子,述说他的经历,这些人根本就不相信。

他整整一夜都没睡着。

第二天,正午刚过,在依莫维尔的布雷乐先生的农场里当长工的马里于斯·波梅尔把捡到的黑皮夹送还给了乌尔布雷格先生。

据马里于斯说,他的确是在路上捡到的,因为里面的字不认识,他就带回去

交给了他的老板。

这个消息一下子传开了。奥什科纳也知道了。他马上又走遍了全村，告诉他们他是被诬陷的，他赢了。

"叫我难过的，"他说，"并不是发生了这些事，而是谎言。它害得我在大家面前抬不起头来。"

这一整天，他对所遇到的每个人讲述他的不幸，礼拜天，他还到教堂门口讲给到教堂去的人听。即使这个人他不认识，他也会拦住他们，讲给他们听。现在他觉得非常轻松，不过他还是觉得有点儿不对劲儿。听他讲的人，脸上总带着嘲弄的神色，看上去好像不相信。他还似乎觉得背后总有人在议论他。

下一个星期二，为了澄清事实，他还特意去了戈代维尔的集贸市场。

玛朗丹仍站在老地方，看见他经过，就笑了起来，这是怎么回事呢？

他找到了一个农庄主人，想谈一下这件事，但是他根本就不理他，他狠狠地拍了他一下，凶巴巴地说："老滑头，算了吧！"而后转身离开了。

奥什科纳先生惊得睁大了眼睛，并且觉得事情不妙了。他怎么这么说话呢？

他又去了茹尔丹客店，刚刚坐了下来，他便又开始解释他的事。

蒙蒂列埃的一个贩卖马匹的人对他大叫："行了！行了！老狐狸，你的故事我早就听过了。"

奥什科纳结结巴巴地说："钱夹不都还回去了吗？"

马贩子又说："别再说了，老头儿，你真行啊，来个贼喊抓贼，真有一套啊。"

老头儿气得说不出话来，他终于明白了，原来他们认为他有同伙。

他还想为自己辩白，但在座的人都放声大笑起来。

他已经气饱了，在一片嘲笑声中走了。

他回到家，怒火中烧，使他感到特别羞愤的是，他具有诺曼底人的智慧，人家指责他的事，他是做得出来的。他下意识地觉得已经洗脱不了所谓的罪名了，因为自己的狡诈是人尽皆知的。他觉得蒙受了不白之冤，就像当胸挨了一拳。

他只好接着讲他的故事，每天都要讲，且故事越说越长，每次都要增加证词，这些都是他想好的，因为现在他的脑子里只想着这些了。他的辩解越是精彩，大家越是不相信他。

他刚刚一离去,人们就会讲:"别听他说这些,全是胡编的。"

这种状况让他忧心如焚,所付出的种种努力都白费了,没起作用。

他一天天地憔悴。

那些麻木了的人为了找乐,反而求他再讲绳子的故事。在这种情况下,他的精神开始衰退了。他终于病倒了,再也没好起来,临终前说胡话的时候还说:

"一根绳子—— 一根绳子——哦!镇长先生,在这里。"

我的叔叔于勒

一个白胡子的老乞丐向我们乞讨，我的同伴约瑟夫居然给了他五法郎，他的行为令我感到很吃惊，我问他原因。他告诉我一段往事。

我家原先很穷，父亲是个小职员，挣不了多少钱，还有两个姐姐。

我的母亲对我们的困苦生活感到很难过，她时常找难听的话说，把火气发泄在我父亲身上。父亲这时候总是默不作声，叫我看了心里很不好受。他总是用手摸一下额头，好像要抹去并不存在的汗珠，而且总是不反驳。我能体会到他那种无奈的痛苦。那时家里处处节省，有人请吃饭是从不赴约的，以免回请；买日用品也是常常买低价的处理品。姐姐们自己做衣服，买廉价的花边，常常要讨价还价。我们常吃各种肉汤，据说这种做法对身体好，不过我还是喜欢吃点儿别的。

我要是稍微犯点儿错，就要受重责。

可是每逢星期日，我们都要穿得干净得体地到防波堤上去散步。我的父亲像个绅士，让我母亲挽着，我的母亲打扮得花枝招展，好像一个贵妇。姐姐们总是最先打扮妥当，等待着出发的命令。要走的时候，总会在父亲的礼服上发现一些忘记洗掉的油污，不得不拿汽油赶紧把它们擦掉。

这时，母亲赶紧脱下她的盛装，把父亲收拾得干干净净，之后再穿上，她已

147

经累得气喘吁吁了。

　　全家高高兴兴地上路了。姐姐们拉着手走在最前面。她们已经长大了,应该常带她们出来玩。我依在母亲的身边,父亲也和我们一起。我现在还记得我可怜的双亲在周末游玩时那种庄重的神情。他们昂首挺胸,不苟言笑,隆重地向前走着,仿佛在办一件极其重要的事。

　　每个周末,只要一看见归航的船,我的父亲总要说那句一成不变的话:

　　"唉! 如果于勒在船上,那该多好啊! "

　　于勒叔叔是全家的希望,而在这以前他是全家的悲哀。我小时候就听家里人说过这位叔叔,对他很熟悉,大概看一眼就能立刻认出他来。他动身去美洲了,他远行以前的生活,我知道得非常详细,虽然家里人不爱在我们面前谈起他。

　　据说他当初行为不端,曾经胡乱花钱,这在穷人家庭是最大的恶习。在上层人士中,一个人吃喝玩乐无非算做荒唐,大家戏称他是一个花花公子。在穷人家里,一个人要是逼得父母动老本儿,那他就是一个坏蛋了。

　　虽然性质相同,但这样分类还是对的,因为行为的好坏,只有最终的结果能够判断。

　　总之,于勒叔叔把自己的钱挥霍一空之后,还用了我父亲应得的那一份儿。

　　按当地的惯例,他只好坐船去了美洲。

　　在美洲,于勒叔叔不知做了什么生意,听说赚了很多钱,而且写信来说要还我父亲的钱。这封信在我们家里就像是个大炸弹。于勒,大家根本就不放在眼中的于勒,突然像变了个人似的,正直,而且有良心。

　　有一位船长又捎话来,说他已经发达了,做着一桩很大的生意。

　　事后的两年又收到一封信,信上说:

　　　　我亲爱的菲利普,我给你写这封信是让你放心,我身体很好,生意也不错。明天我就要去南美洲,也许要很长一段时间不给你写信。如果真的是这样,你也不必担心。我赚足了钱就会回勒阿弗尔的。我希望不会太久,那时我们就又可以在一起了……

这封信成了我们家里唯一的希望。只要有空就要拿出来念，见人也赶忙掏出来给人看。

果然，十年之内于勒叔叔没有再写信，可是我父亲的希望却越来越大，我的母亲也经常这样说：

"只要于勒一回来，我们的日子就好过了。他可真算是一个好心人！"

于是每次去散步，一看见归航的轮船从天边驶过来的时候，我父亲总是不断地说那句永不变更的话：

"唉！如果于勒在船上，那该多好啊！"

简直好像于勒现在正在冲着他挥手：

"喂！菲利普！"

叔叔回来的事已毫无疑问，家里计划了上千种方案来花那笔钱，甚至还想买套别墅，我不敢肯定父亲是否和他商谈过这件事。

这时我的两个姐姐都已经大了，可是还没有出嫁，全家一想起这件事就发愁。

后来二姐终于嫁了出去。男方是一个公务员，虽不富有，但是诚实可靠。我总觉得这个年轻人下决心求婚，不再犹豫，完全是因为我们给他看了于勒叔叔的来信。

我们全家都异常兴奋，并且决定他们完婚后全家都到泽西岛去旅游。

泽西岛是穷人理想的游玩地点，路程也很近，乘小轮船过了海，便算出了国，因为那个地方是英国领土。因此我们只要航行两个钟头，就能够到邻国去看看另一个民族，并且欣赏一下英国统治下的岛上的一切，那里的风俗据说不怎么样。

这件事成了我们时刻盼望的一件事了。

我们终于盼到了这一天。我现在想起来还觉得这件事像刚刚发生一样。轮船准备起航，我的父亲非常紧张地看着我们的行李被搬上船，母亲不放心地挽着大姐的胳膊。自从二姐结婚后，大姐就像鸡窝中剩下来的唯一一只小鸡，有点儿失魂落魄；二姐和二姐夫，他们总落在后面，使我常常要回头看他们。

我们都坐上了船,轮船离开了码头,在风平浪静的大海上行驶。我们看着海岸愈来愈远,感到兴奋无比。

父亲挺着肚子,穿着已经仔细检查过的礼服,还微微有一些汽油味,这股气味一出现,我就知道今天是周末。

父亲发现两位先生在请两位高贵的太太吃牡蛎。一个穿得破破烂烂的老水手用小刀撬开牡蛎,拿给了两位先生,由他们递给两位太太。她们的吃法非常讲究,一方精致的手帕托着蛎壳,身子微微向前倾,然后嘴微微一动就把汁水吸进去了,蛎壳就随手扔在海里。

在船上吃海鲜,这件体面的事打动了我父亲的心。他认为这是件高雅至极的好事情,于是他向家人走过来问道:

"你们想不想吃牡蛎?"

我的母亲有些犹豫,她怕花钱,可是姐姐们却十分赞成。我的母亲很不情愿地说:

"我不舒服,你买给他们吧,不过不要吃太多啊。"

然后她又冲着我说:

"你就别吃了。"

我只好留在母亲身边,心里觉得很不舒服。我一直望着父亲他们,看见他紧张兮兮地带着家人向那个穿着破烂的老水手走去。

刚才的那些人已经走开了,我父亲先带头儿吃了个牡蛎,以便告诉他们怎么吃。他刚一试吃,结果溅了一身的汁水,我就听见母亲嘀咕说:

"何必呢!不吃不就什么事也没有了!"

可是父亲突然变得局促不安起来,他挪动了几步,瞪着眼看着正在买牡蛎的女儿、女婿,然后向我们走了过来。他的脸色很难看,只要看他的眼神就知道了。他低声对母亲说:

"你说怪不怪,那个卖牡蛎的怎么那么像于勒呢!"

我的母亲很惊讶,就问:

"你说谁?"

父亲说:"就……就是于勒呀……要不是我知道于勒在美洲,而且很富有,

我真会认为就是他呢。"

我的母亲也有些害怕,结结巴巴地说:

"你疯了! 既然你明知道如此,为什么还这样说呢? "

可是我的父亲还是有些担心,他说:

"克拉丽丝,你也仔细看看! 最好还是证实一下,你过去见见再说吧。"

我的母亲站起身来走了过去。我也仔细看了一眼那个人。他衣衫褴褛,皱纹满面,专心致志地干他手里的活儿。

母亲也回来了,我看出她浑身发抖。她很快地说:

"没错,就是他。去问船长吧。尽量小心点儿,别叫这个穷鬼又回来缠上咱们! "

父亲匆忙走了,这次我也跟去了。我心里非常激动。

船长个子很高,瘦瘦的,留着长胡子,他正在里面散步,那威风的神气,就像他指挥的根本不是小游轮。

我的父亲非常客气地和他搭上了话,一面恭维,一面讨论与他职业有关的事情,例如,泽西是个什么样的岛,出产什么东西,有多少人口,风俗习惯等等。

旁观的人还以为他们谈论的是很重要的事。

后来话题终于扯到了我们搭乘的"快速号",然后又谈到船员。最后我父亲才非常紧张地问:

"您看您船上那个卖牡蛎的老头儿多有趣啊。您知道他是个什么样的人吗? "

船长对这个问题很反感,他不高兴地回答:

"他是个穷困潦倒的法国佬,去年我到美洲的时候遇见了他,就把他带回来了。据说他的亲戚都在勒阿弗尔,可是他不愿回去投奔他们,因为他欠着他们钱。他名字好像叫于勒·达尔旺什或是达尔朗什,总之和这差不多的姓。据说他在那边曾经赚了很多钱,可是您看他今天已经落魄成这样了。"

我的父亲浑身发抖,勉强说:

"啊! 啊! 很好了……这倒不使我感到奇怪……太感谢您了,船长。"

爸爸说完了这些话转身离去,船长用疑惑的目光看着他远去。

他走到了母亲身边,神色完全变了样,母亲急忙对他说:

"你先坐下吧！别让他们知道。"

他瘫坐下来，嘴里有些说不出话了：

"没错，就是他！"

接着他问：

"咱们该怎么办呢？……"

母亲立刻回答：

"不能告诉孩子们。约瑟夫既然都看见了，就让他去把他们叫过来。千万要留神注意，别让女婿怀疑。"

我的父亲好像吓傻了，不停地叨咕着：

"真是大祸临头了！"

我的母亲突然暴怒起来，说：

"这个浑蛋会发财，那才是怪事呢，他迟早会再来找上我们！你们达尔朗什家能出什么大人物！"

我父亲又重复着他那个固有的手势。

我母亲接着说：

"快叫约瑟夫去把牡蛎钱付清了，现在够烦了，如果再被这个灾星给缠上，那咱们可就有的瞧了。我们离他远点儿，别太靠近他！"

她慌忙起身，塞给我五法郎就走了。

姐姐们见父亲不来，正有些纳闷儿，我谎称妈妈有点儿晕船，接着问那个卖牡蛎的于勒道：

"请问多少钱，先生？"

我突然有种冲动，差点喊出"我的叔叔"。

他头也不抬地道：

"两个半法郎。"

我把手里的钱递给了他，他把多的钱找回给我。

我注意看他的手，那手非常粗糙，我又看了看他那衰老忧郁、疲惫不堪的脸，我心里暗暗地说道：

"这就是我的叔叔于勒。"

我给了他半个法郎的小费,他连忙谢我:

"愿上帝祝福你,年轻的先生!"

贫困的人受到恩赐时都是这个语调。我暗想,他在美洲过得肯定不太好,可能还做过乞丐。

两个姐姐看我这么大方,觉得奇怪,疑惑不解地看着我。

等我把剩下的钱交给父亲,母亲惊诧起来,问:

"吃了三个法郎?……怎么可能。"

我不容置疑地说:

"我给了半个法郎的小费。"

我的母亲惊得跳了起来,凶巴巴地看着我说:

"你难道疯了吗!拿钱给他,给这个无赖……"

她本来还要说下去,但父亲及时给她使了个眼色。

后来大家都不作声了。

天边仿佛有一片紫色的阴影。那便是泽西岛了。

这时候,我突然产生了一种非常强烈的愿望:那就是再看看我的叔叔于勒,想到他身边,或是说几句安慰的话。

但是,这只是我的想法而已,这个可怜的人啊!我母亲很害怕再碰到他,因此回来时改乘了圣玛洛号船。

从此,我再也没见过我父亲的弟弟!我的叔叔!

今后您还会看见我拿出一个五法郎的银币给这些流浪者,正是因为这个缘故。

奥莱依太太是个节俭的人，她了解一个铜子的价值所在，为了攒钱她有一大堆办法。她的女仆很难揩油，就是奥莱依先生也需费好大的劲儿才能得到点儿零用钱。实际上他们在经济上相当宽裕，并且没有子女，但是奥莱依太太看见白花花的银币从手里出去，就好像心被撕破了一块，会感到一种难言的痛苦。每当必须支付一笔数目稍大的款子，虽然这笔费用不可能省，她还是会一夜睡不着。

奥莱依再三对妻子说：

"你应当手松一点儿，我们一向没动过我们的老本儿啊。"

奥莱依太太的回答是：

"谁也不能预知将来，钱多总比钱少好。"

她是一位四十岁的、娇小玲珑的妇人，脸上早已爬上了皱纹，干净利落，时常生气。

她的丈夫经常抱怨她让他缺这短那。有些东西缺得让他难以忍受，因为这些他的自尊心受到了伤害。

他在陆军部当主任科员，他当下去的原因，纯粹是为了服从妻子的命令，目的是增加家里从未动用过的长年利息。

　　两年以来,他总是夹着那把满是补丁的伞上办公室,总会招来同事们的讪笑。最后他再也无法忍受他们的嘲笑,坚持要求奥莱依太太为他买一把新伞。她用八个半法郎买了一把,是大铺子里招揽生意的便宜货。同事们一看这件在巴黎成千上万投到市场上的东西,便又是一番嘲笑,奥莱依痛苦极了。这把伞也真不顶事儿,三个月的时间就成了废品,部里的人都把它当作笑料。有人为此还编了一首歌,全大楼整天都能听见有人在唱。

　　奥莱依气得全身发抖,吩咐妻子为他选购一把价值二十法郎的上等绸子的大伞,并且一定要带回发票来作证。

　　她用十八法郎买了一把,交给丈夫时,气得满脸通红,说道:

　　"你最少要用五年。"

　　奥莱依很是得意,在办公室里尝到了一次真正的胜利。

　　他晚上回到家里,他的妻子担忧地朝伞看了一眼,对他说:

　　"你不应该总让那根松紧带紧紧地箍着伞,这样会箍裂绸面的。你一定要好好爱惜,因为我不可能三天两头儿给你买新伞。"

　　她拿过伞,解开带子,抖了抖那些折痕。可是她惊得不能动了。她见到伞的正中间有一个小铜子大小的洞。是被雪茄烟烧的!

　　她结结巴巴地说:

　　"它怎么了?"

　　她的丈夫头也没抬,轻松地回答:

　　"谁怎么了?什么怎么了?你这是什么意思?"

　　怒火堵住了她的嗓子,半天说不出话来:

　　"你……你……你把……你的……伞……烧了。你这……不……不是……疯了……吗?你是想让咱家破产啊!"

　　他感到自己的脸色变了,急忙转过身来:

　　"你说什么?"

　　"我说你把伞给烧了。你自己去看!……"

　　她像要揍他似的向他扑过去,把那个烧破的小圆洞狠狠地放在了他的鼻子底下。

156

在这个烧痕面前，他不知如何是好，他结结巴巴地说道：

"这个……这个……这是怎么回事？我，我不知道！我可以发誓，我什么也没做，什么也没做，什么也没做。我不知道这伞到底是怎么了。"

她放开喉咙大叫：

"我敢发誓，你肯定在办公室里拿它玩耍，变花样了，你一定撑开过，让大家看。"

他回答：

"我只撑开过一回，让他们瞧瞧有多么漂亮。这是事实，我敢起誓。"

可是她气极了，和他大吵起来，这种夫妻之间的争吵，对于一个热爱和平的男人而言，比战场还要可怕。

她从不同颜色的旧伞上剪下一块绸子，补在了新伞上。第二天，奥莱依规规矩矩地拿了补好的雨伞出门了。他把伞往柜里一塞，就如同一桩不愉快的回忆一样，不再去想它。

可是傍晚回家，刚踏进门，他的妻子就从他手里抢过伞去，打开来检查。展现在她眼前的是一桩弥补不了的灾难，她恨得喘不过气来。原来伞上到处都是密密麻麻的小洞，很明显是火烧出来的，好像有人把燃着的一斗烟灰都倒在上面了。伞完了，再也没救了。

她沉默地看着，愤怒到了极点，嗓子里却发不出声音。他呢，他也注视着破伞，惊呆了，既害怕又沮丧。

接下来夫妇俩彼此对视着，他低下了头，她把那件体无完肤的东西扔过去，砸在他脸上。一阵狂怒后她又恢复了嗓音：

"啊！坏蛋！你是故意这么做的！我要让你尝尝我的厉害！你别想再要伞……"

吵闹又开始了。经过了一个小时的狂风暴雨，他才能够张嘴为自己争辩。他赌咒发誓，说自己也弄不清怎么回事，很可能是有人恶作剧或者是故意报复，除了这些再也没有其他原因了。

一阵门铃声解了围。原来是一个朋友来他们家吃晚饭。

奥莱依太太向他讲述了这件事。至于再买一把新伞，那是不可能的，从今以后，她丈夫休想再买伞了。

那位朋友回答得也非常有道理：

"那么，太太，他的衣服就要遭殃了，衣服肯定要值钱得多。"

矮个儿的太太还是怒火中烧，回答：

"那么，他可以撑厨娘用的伞，我绝不会再给他买绸子伞了。"

一听到叫他使用厨娘的伞，奥莱依非常恼怒。

"那我，我就不上班了！我坚决不拿一把厨娘的伞去部里。"

朋友又说了：

"去换一换面子，不用多少钱。"

奥莱依太太火更大了，她说：

"换面子，最少也要八个法郎。八法郎加十八法郎，就是二十六法郎！花二十六法郎就为一把伞，这简直是发疯，是丧失理智！"

那位朋友原是一个贫苦的小市民，忽然想出了一个高明的主意。

"去叫保险公司赔偿好了。烧毁的物件，只要是在你的住宅里烧毁的，保险公司都要赔偿。"

听到这个主意，那个矮女人马上怒火全消。思索了一分钟之后，便对丈夫说道：

"明天，在去部里之前，你先到马台内尔公司去一趟，让他们看看伞的情形，然后叫他们赔偿。"

奥莱依先生吃了一惊，他说：

"要了命我也不敢呀！不就是损失了十八个法郎吗，这根本没什么了不起的。"

第二天，他拿了一根手杖出门了。正赶上运气不错，天气很好。

独自在家的奥莱依太太，却怎么也不能忘记那十八个法郎的损失。伞就在饭厅的桌上，她一直围着它转，一时没有作决定。

她无时无刻不在想着保险公司，可她又不敢跑去看接待她的那些先生们嘲笑的目光。因为在生人面前，她有点儿怕，为一丁点儿小事就要脸红，必须要与生人打交道时，她就觉得特别不好意思。

可是她很心疼那十八法郎，就像创伤带来的痛苦一样。她早已不愿意再去想它了，但是这笔损失的回忆时刻痛苦地敲打着她。如何是好呢？时间一点点过

去了，她还是毫无主意。后来，就像胆小的人忽然壮起胆子来一样，她猛地作了决定：

"我非去不可，到那里再说！"

但是她还要先把伞整理一番，让灾情看起来更严重，使她更容易坚持她的要求。于是她从壁炉台上拿了一根香，在两根伞骨之间烧了与手掌一样宽的一大块。她把那未烧毁的绸面认真地卷上，用松紧带箍好，接着披上披肩，戴上帽子，朝保险公司所在地黎沃里大街走去。

离公司越近，她的脚步就越慢。她将说些什么呢？他们又会如何答复她呢？

她查看了一下门牌号码，还有二十八个号码，很好，她可以再仔细想想。她越走越慢。忽然，她浑身颤抖了一下。到门口了，门上写着几个金字"马台内尔火灾保险公司"。已经到了！她停下来足有一秒钟，又是焦躁又是羞愧，她不停地在门口来回走动着。

最后她自言自语道：

"可是，必须得进去啊。早去肯定要比晚去好。"

不过，一走进去，她感到自己的心怦怦直跳。

她走进一间宽敞的大厅，四周到处是窗口，每一个窗口里都可以看见一个人的头，却看不见面孔。

一位捧着文件的先生走了过来。她赶紧止步，低声下气地问道：

"打扰了，先生，请问要求索赔被烧毁的东西，应该去哪里？"

那个人用洪亮的声音回答：

"二楼，往左，损失科。"

这个名字使她愈发胆战心惊，真想拔腿就跑，什么也不说，不要那十八个法郎了。可是一想到这个数目，就又来了点儿勇气，她走上楼梯，喘着气，上一级歇一次。

来到二楼，她看见了一扇门，叩过几次，一个响亮的声音喊道：

"进来！"

她走进一看，屋子很大，里面有三位先生在谈话，三个人都佩戴着勋章，仪表非凡。

其中一个问她道：

"您有什么事，太太？"

要说的话都想不起来了，她吞吞吐吐地说道：

"我来……我来……是为了……为了一笔损失。"

那位先生相当礼貌，指着一个座位说：

"请坐，我立刻就跟您谈。"

接着转过身面对着那两位，继续他们的谈话：

"两位先生，本公司认为对你们的赔偿不能超过四十万法郎，你们希望我们多付十万法郎，这个要求我们难以接受。况且按照估价……"

两人中的一个打断了他的话：

"不用再说了，先生，还是由法院去裁决吧。我们现在只好告辞了。"

他们很有礼貌地一连几次行礼告别，然后走出去了。

啊！要是她有胆量与他们一道走，她肯定跟着走了，她会把一切都放弃，一走了之。但是这么办行吗？那位先生送客回来了，鞠着躬问道：

"太太，有什么需要我为您做的？"

她非常困难地说：

"我……我是由于这个原因而来的。"

那位主任很惊讶地低下头，看着递过来的那样东西。

她哆嗦着尽力解开伞上的松紧带。花了不少力气才解开，忽然间把那柄拖一片挂一条的伞的尸骨撑开来。

主任用颇为怜悯的口吻说道：

"损坏还很严重啊！"

她吞吞吐吐地说：

"我用了二十法郎买来的。"

他吓了一跳：

"真的如此贵吗？"

"因为当初是一把很好的伞。我就是要让你亲眼看一下它如今的情况。"

"很好，我看见了，很好，我看不出这件事与我有什么关系。"

她有点儿担心。这个公司有可能对小东西是不赔偿的，她又说道：

"不过……它是被烧毁的……"

那个先生肯定了这一点：

"我瞧得很清楚。"

她哑口无言，不知说什么好，可是忽然想起了自己的来意，于是接着说道：

"我是奥莱依夫人。我们在贵公司保了火险，我是来向你们请求赔偿这笔损失的。"

她怕对方拒绝，急忙又补了一句：

"我只请求你们换一个伞面子。"

主任感到为难，说道：

"真抱歉……太太，我们不是卖伞的商店，我们无法承担修理工作。"

这位小个子的妇人感到胆子大了起来。不争是不行的了。那她就争吧！她不再胆怯了，她说：

"我只要求修理费，我自己去找修理工。"

那位先生略带歉意地说道：

"钱不多。不过，对这种小意外，从来没有人来请求过赔偿。您当然明白，比如手绢、手套、笤帚、旧鞋子等每天都可能遭火损害的小东西，我们是无法赔偿的。"

她觉得怒火中烧，她说：

"先生，不过去年我们家着了一次火，造成了五百法郎的损失，奥莱依先生并没有向你们公司要求任何赔偿，今天的事情是非赔不可的。"

主任很明白地说：

"奥莱依先生损失五百法郎都没有请求赔偿，而一把伞却要赔偿，您也感到很奇怪吧！"

她没有半点儿紧张，马上答道：

"先生，不能这样说，十八法郎用的是奥莱依夫人本人的钱。"

他看出不答应是没法打发她走的。这一天就要这样徒劳了，只好狠下心问道：

"那么，请把事件讲给我听吧。"

她嗅出了胜利的味道，就讲述起来：

"好的，先生。在我的前厅里，有这么一种青铜做的东西，能放伞和手杖。那天我回来时，我就把这把伞插在里面。我告诉你一件事，在那东西上方的墙上钉着一块小木块儿，为的是能放火柴、蜡烛什么的。我伸手拿起四根火柴，随即擦了一根，没着。于是接着又擦了一根，着了，但灭了。到了第三根仍然是这样。"

主任接过她的话头儿，说了一句很有趣的话：

"这一定是政府公卖的火柴吧？"

她也没明白是什么意思，继续往下讲：

"或许吧。第四根总算是点着了，我点上了蜡烛，然后就睡觉去了。过了不久，有一股焦糊味儿。估计是着火了，我平生就害怕起火。如果真起火了，那绝不会是因为我不小心！就像去年我家着的那次火，我一直是提心吊胆。所以我一骨碌爬起来，四处寻找，像猎狗一样，最后总算找到了。是伞着了，可能是火柴掉在里面了。您看就成了这样子。"

主任愿意赔款，就问道：

"您估计修这伞需要多少钱？"

她没说话，也说不准多少钱。后来为了表示大方，她说：

"这样吧！您叫人去修理，您随便处理吧。"

他拒绝了，他说：

"这可不行，太太，我不能这样。您还是说多少钱吧。"

"可是……我觉得……您看，先生，我想……还是这么办吧。我把伞送到制伞店去，换伞面，然后我把发票给您送过来，这样总可以吧。"

"这个办法非常不错，太太，就这样决定了。这是出纳科的条子，他们会把钱如数付给您的。"

奥莱依太太接过他顺手递过的卡片，边道谢边往外走，怕他改变主意。她打定主意要找一家漂亮的伞店。她终于找到了一家神气阔绰的店铺，她走进去口气异常坚定地说："将这把伞换成绸面子，用上好的料子，我不在乎花多少钱。"

项链

世界上有这样一些女人，脸蛋漂亮，极有风韵，可命运不好，出生在普通职员家庭里。她就是如此。她没有陪嫁的财产，也没希望得到遗产，没有办法使一个有钱有地位的男子来与她结识并娶她，只好认命与一个教育部的小科员结了婚。

她没钱打扮，只好穿得很朴素，但是心里很难过，犹如贵族下嫁那样。这是因为女子本来就没有一定的阶层或种族，她们的美丽、娇艳、风韵，就可以作为她们的出身和门第。她们中的等级之分仅仅是靠她们天生的聪明、审美的本能和脑筋的灵活来划分的，这些可以使她们有着与贵妇一样的地位。

她总感到自己生来就应该是享福的，因而感到无限的痛苦。房屋是如此简陋，墙壁上毫无装饰，椅凳是如此破旧，衣衫是那么朴素，她看着都非常痛苦。这些情形，假如不是她而是她那个阶层的另一个妇人的话，可能没法体会到她的无限痛苦。她看着那个替她料理家务的布列塔尼省的小女人，心里便产生无限的忧伤和想入非非的幻想。她会想到四壁蒙着东方绸、青铜高脚灯照着的静悄悄的接待室；她会想到接待室里专门服侍她的男仆，如何被暖气的热度催生了睡意，在宽大的靠背椅里昏然睡去；她会想到四壁蒙着古老丝绸的大客厅，摆设着珍贵古玩的精致家具和那些精致小巧、香气扑鼻的内客厅，那是专门在午后跟亲密男友

倾谈的地方,当然是那些妇人垂涎不已、渴盼青睐的有名之士。

每当她坐到几天没有洗桌布的饭桌前,坐在旁边的丈夫打开盆盖,非常满意地表示:"啊!多香的炖肉!世上哪有比这更好的东西……"这时,她便想到那些精美的筵席、发亮的银餐具和挂在四壁的壁毯,上面绣着古代人物和仙境森林中的异鸟珍禽;她曾想到那些盛在高档餐盘里的佳肴;她也想到一边吃着粉红色鲈鱼肉或松鸡的翅膀,一边带着不可捉摸的微笑倾听着男友甜蜜的情话。

她没有美丽的衣服和珍贵的首饰,一样也没有。而她偏偏认为自己活着就是为享受这些东西的。她最希望的就是能够讨男人们的喜欢,惹女人们的艳羡,风流动人,处处受欢迎。

她有一个女友很有钱,是她的同学。现在呢,她再也不愿去看望她了,每次看她回来,她都感到无限的痛苦和绝望。

有一天晚上,丈夫回家的时候,手里拿着一个信封,很高兴。

"拿去吧!"他说,"这是为你准备的。"

她赶快拆开了信封,从里面抽出一张请帖,上边印着:

兹订于 1 月 18 日(星期一)在本部大厦举行晚会,敬请准时光临!

　此致

罗瓦赛尔先生及夫人

教育部部长乔治·郎蓬诺暨夫人谨订

她并没有像丈夫想象的那样高兴,反而生气地把请帖丢在桌上,嘟囔着:

"唉!我拿这有什么用?"

"可我原想你会惊喜的。你一直没有出门做客,这可是一个机会,并且是一个难得的机会!我好不容易才弄到这张请帖。大家都想得到,但一般是不大肯给小职员的。你在那里可以看见所有的官方人士。"

她发怒地高声说道:

"可你叫我穿什么去?"

这个他从未想到,于是含糊地说:

"你上戏院穿的那件衣服呢？我想那件还很好看……"

他说到这儿，看妻子已经哭起来了，眼泪从她的眼角向嘴角流下来。他结结巴巴地问："你怎么啦？你怎么啦？"

她强忍着痛苦，然后一面擦泪，一面平静地说：

"我什么也没有，没有衣饰，当然就不能赴宴。哪位同事的太太比我有更好的衣衫，你就把请帖送她好了。"

他很窘地说道：

"玛蒂尔德，咱们来想个办法，一套一般的衣服，一套在别的机会还可以穿的、不很华丽的衣服得用多少钱？"

她想了一会儿，心里计划了一下，并考虑说多少钱才合适。

她终于结结巴巴地说了：

"我也不太清楚，不过有四百法郎，也许就可以了。"

他的表情很难看，他存的那一笔钱原准备买一支枪，夏天和朋友去打猎，周日去南泰尔平原打云雀。

但是他还是答应了。

"行，我就给你四百法郎。但是一定要想办法做件好看的衣服。"

晚会的日子快到了，罗瓦赛尔太太很伤心，很不自在，很忧虑。衣服早已做好了。有一天晚上她的丈夫问她：

"你到底怎么啦？三天以来你的脾气都是这么古怪。"

"我心烦，我没有首饰和珠宝，实在太寒酸了。我简直不想参加这次晚会了。"

他说："在这个时候带几枝鲜花也是很好看的。花上十个法郎，你就可以有两三朵非常美丽的玫瑰花。"

这个办法没有把她说服。

"不行……在那些阔太太中间，显出一副穷酸相，真是一点儿面子都没有。"

她的丈夫忽然喊了起来：

"你真笨，为什么不去跟你的好同学福雷斯蒂埃太太借几样呢，拿你跟她的

感情来说,是可以开口的。"

她惊喜地叫了起来:

"这倒是真的。我为什么没有想到呢。"

第二天她就来到朋友家,把自己的苦恼讲给她听。

福雷斯蒂埃太太马上走到她的带镜子的大立柜前面,拿出一个大首饰箱,对罗瓦赛尔太太说:

"随你选,亲爱的。"

她先看了几只手镯和一串珍珠项链,做工很精美,她戴着这些首饰对着镜子左右比量着,拿不定主意,嘴里还问:

"还有别的吗?"

"有啊,你喜欢什么自己拿。"

这时,她忽然在一个黑缎面盒子里看见一串十分漂亮的钻石项链,她拿它的时候手都在发抖。她把它戴在颈上,放在衣服的外面,对着镜子看得入了迷。

她焦急地问道:

"把这个借给我好吗?我只借这一样。"

"好的,当然行。"

她高兴地拥抱着她的朋友,亲吻了她一下,带着宝贝很快就跑了。

晚会那天,罗瓦赛尔太太十分成功。她比在场的女人都美丽,妩媚的脸上总带着笑容,兴奋得差点儿发疯。所有的男人都盯着她,求人介绍并打听她的姓名。部长办公室的人员全都要跟她共舞。部长也注意到她。

她陶醉在兴奋之中,什么都忘了。她的美丽战胜了一切,她的心中充满了阳光。所有人都对自己殷勤献媚、阿谀赞扬、垂涎欲滴,妇人心中认为最甜美的胜利就在她手中,她陶醉在舞池中。

她离开的时候已是早上四点,丈夫在等她。客厅里还躺着另外三位先生,他们的太太也正在尽情享乐。

他怕她出门受寒,把带来的衣服披在她的肩上,那是她平常穿的家常衣服,与她现在的打扮很不相称。她立即感觉到这一点,为避免别人注意到自己的寒酸,她赶忙跑出大门。

167

罗瓦赛尔硬拉着她，不让她走：

"你别出去，小心在外面着凉。我去叫马车。"

她没听他的，很快下了楼。等他们到了街上，没有出租马车，他们开始找起来，远远看见有马车经过，他们就追上去向车夫大声叫喊。

他们沿着塞纳河走下去。最后在河边找到了一辆只有在黑夜里才做生意的马车，它是如此寒碜，白天出来仿佛会害羞似的。

马车很快把他们送到家门口，他们凄凉地回到家中。在她看来，一切已经结束。他呢，想到的是十点钟就得上班。

她在镜子前再一次看看光彩照人的自己。但是她忽然大叫一声，原来脖颈上的项链不见了。

她的丈夫正脱着衣裳，便问道：

"发生了什么事？"

她已经吓得发了慌，对丈夫说：

"我……我的项链丢了。"

他慌忙站起来：

"什么！这……这是不可能的！"

他们把衣服找了个遍，也没有找到。

他问："你确定在离开时还戴着吗？"

"是的，没有错。"

"假如在路上丢的，我们也能听到声音，可能是掉在车子里了。"

"这可能性很大，车子号码你记得吗？"

"不记得了，你也没有注意？"

"没有。"

他们悲伤地相互看了看。最后罗瓦赛尔又穿好衣服，他说：

"我先去路上找一找，看是否能够找到。"

说完他立即走了。她呢，连上床睡觉的精神都没有了，就这样穿着赴晚宴的服装在椅子上躺着，什么也不想。

七点钟丈夫才回来，什么也没有找到。

他随即又到警察厅和各报馆，请他们代为悬赏寻找，他又到了出租小马车的各个车行，只要有一点儿希望他都努力争取。

她整天在惊慌中度过。

罗瓦赛尔傍晚才回来，脸色发青，人也消瘦了。他说：

"只好给你朋友写封信，告诉她你把链子的搭扣弄断了，现在正找人修理，只有这样我们才有应付的时间。"

于是，她便写了一封信。

又过了一星期，没有任何希望了。

罗瓦赛尔一下子老了五岁，他说：

"只有想办法买一条赔她了。"

第二天，他们带着装项链的盒子，按盒里印的地址，找到了那家珠宝店。珠宝商查了查账说：

"真对不起，盒子是在这儿买的，但项链不是。"

于是，他们一家一家珠宝店寻找一串相似的项链，两人愁得快要病倒了。

在王宫附近的一家店，他们找到一串看起来很相似的项链。这件首饰价值四万法郎，如果他们要的话可以以三万六千法郎卖给他们。

他们要求店主为他们保留三天。他们又谈好了条件，如果在二月底之前找到失物，此串项链以三万四千法郎由店主收回。

罗瓦赛尔手中除了他父亲遗留给他的一万八千法郎之外，其余的都得借。

他不得不到处借钱，走东家串西家，东凑西拼。他签了不少借据，应承了不少足以败家的条件，还借了高利贷。他葬送了他整个下半辈子，他冒险地乱签借据。他既害怕将来的忧患，又怕即将压在身上的极度的贫穷，也怕各种物质匮乏和精神折磨的压力。他就这样怀着恐惧，用三万六千法郎把那串项链买了回来。

等罗瓦赛尔太太把首饰还给福雷斯蒂埃太太时，这位太太不高兴地对她说：

"你本应早点儿还我的，也许我要戴呢。"

她并没有打开盒子看，罗瓦赛尔太太担心的就是这一点。

很快，罗瓦赛尔太太体会到了穷人的可怕生活。好在她早已果断地打定了

主意,这笔巨债是一定要还的。因此,她一定要把它还清。他们辞退了女仆,搬了家,租了一间顶楼的房子。

家里的重活儿,厨房里的脏活儿,她都尝到了其中滋味。碗碟锅盆都是自己洗刷,锅子的油垢磨坏了她那美丽的指甲。脏衣服、衬衫、抹布也得亲自洗了晾在一根绳上。每天早上到街上去倒垃圾并提水上楼,每上一层楼都要停下来歇一会儿。她穿的和一个寻常女人一样,手里提着篮子上水果店,上杂货店,上猪肉店,对价钱争论不休,一点儿一点儿地保护着她那可怜的钱,这就难免会挨骂。

每月必须还一些债,有的则要延期。

丈夫傍晚就替一个商人去誊写账目,夜里经常替别人抄写,抄一页挣五个铜子儿。

就这样过了十年。

十年之后,他们终于把债务还清了,不但还清了高利贷的利息,利滚利的利息也还清了。

罗瓦赛尔太太显得老了很多。她变成了贫苦家庭中敢作敢当的既坚强又粗鲁的妇人。头发从不梳光,裙子歪着也不管,两手通红,大嗓门说话,大盆水洗地板。有好几次,当她丈夫还在办公室办公的时候,她就坐到窗前,忍不住想起在那次舞会上她多么美丽和受欢迎。

假如她没有丢失那串项链,谁又会清楚今天是什么样子? 生活是如此古怪和变幻莫测! 只需微不足道的一点儿小事就能把你断送或者把你拯救出来!

有一天她去散步,那是一周劳累后的消遣。此刻她遇见了福雷斯蒂埃太太带着她的孩子,还是那么年轻和美丽动人。

罗瓦赛尔太太感到非常高兴。与她说话吗? 肯定去。既然债务都已经还清了,把一切告诉她又有什么不可以的呢?

她走了过去。

"您好,桑娜。"

对方感到很惊讶,便结结巴巴地说:

"可是……太太! ……您也许认错人了吧。"

"不。我是玛蒂尔德·罗瓦赛尔。"

她的朋友喊了起来：

"天啊……是我可怜的玛蒂尔德吗？你可是变样儿了……"

"哎，从那次见面分别后，我过的日子可艰难了，不知遇到了多少危急穷困……都是因为你……"

"因为我……为什么？"

"你还记得你借给我赴部里晚会的那串钻石项链吧。"

"记得，与它有什么关系？"

"有什么关系！我把它丢了。"

"那怎么会呢！你不是给我送回来了吗？"

"我给你送回去的是跟原物一模一样的另外一串。这笔钱我们整整还了十年。对我来说可不是一件小事，我们是什么也没有的……我太高兴我把债还清了。"

福雷斯蒂埃太太站住不走了。

"你刚才说，你曾买了一串钻石项链赔给我吗？"

"没错，你没有发现吧？两串简直是完全一样的。"

说完她露出了自豪、天真的微笑。

福雷斯蒂埃太太十分激动地抓住她的双手。

"噢！上帝！不得了啦！我可怜的玛蒂尔德！那是一串假的啊，最多也就值五百法郎！……"

珍珠小姐

一

　　说句心里话，我不明白自己怎么会有选珍珠小姐做王后那样古怪的念头。

　　我每年都要去我的老朋友尚塔尔家里过三王来朝节。他和我父亲感情很深，在我还是小孩的时候，我父亲就经常带我去他家。这个习惯我们一直保持着，我相信，只要我还在世，只要世上还有尚塔尔家的人，我一定会保持这一习惯直到终老。

　　尚塔尔一家的生活方式也很不同。他们虽然住在巴黎，却跟住在格拉斯、依佛多或是穆松桥完全一样。

　　他们有一所带小花园的房子。他们在那儿就像在外省似的，过着简单的生活。对于巴黎，他们什么也不知道，也不想知道。他们离巴黎是多么遥远啊！不过，有时候他们也会远赴巴黎作一次长途旅行。照他们家里的说法，是尚塔尔太太办粮草去了。

　　珍珠小姐掌管着食柜的钥匙。珍珠小姐说白糖快用完了，罐头食品也没有了，口袋里的咖啡也差不多用尽了。

尚塔尔太太得到这个饥荒的消息，赶忙把存货查一遍，记在小本子上。她记下许多数字，先花上很长的时间计算，再花上很长的时间和珍珠小姐商量，最后，她们的意见总算达成了一致。

最后，她们计划好采购的日期，便坐着马车——顶上带行李架的那种，出发到杂货店去。

尚塔尔太太和珍珠小姐非常神秘地从事这种旅行，她们要到吃晚饭时才大包小包地往家里搬东西，像搬家似的，马车一路颠回来，两人虽然高兴，却早已筋疲力尽了。

对尚塔尔家的人来说，塞纳河对岸的那一部分是新市区，住在那边的人古怪、不正派，白天闲游放荡，晚上寻欢作乐。不过有时候他们也带着两位年轻小姐，到歌剧院看一回戏，这些戏一定是尚塔尔先生看的报纸上推荐的。

这两位小姐分别是十九岁和十七岁，是两个美丽的姑娘，很有教养。我一直没有产生过注意或者追求这两位尚塔尔小姐的念头。她们给人的印象太纯洁，哪怕是向她们鞠个躬，也仿佛会冒犯了她们。

至于她们的父亲，那是个挺有趣的人，很有学问，很直爽，很和蔼，不过他最爱的是悠闲、安恬和宁静的生活。为了可以照他的心愿生活，他竭力把家庭弄得像一潭死水。他读很多的书，爱聊天，很容易动感情。因为缺乏和别人接触、摩擦和倾轧的经历，他的内心十分敏感和脆弱，因为一点儿小事，他就会激动、烦恼和痛苦。

尚塔尔家朋友很少，都是在附近人家中经过慎重挑选的。他们年年都跟住在远方的亲戚相互走动个两三次。

我呢，我每到8月15日和三王来朝节都要去他们家吃晚饭。这仿佛成了我应尽的义务。

8月15日，他们还邀请其他朋友。而在三王来朝节那一天，除了我，尚塔尔家就再也没有其他的客人了。

二

所以，那年同往年一样，在三王来朝节，我去尚塔尔家与他们共进晚餐。我依照惯例与尚塔尔先生、尚塔尔太太及珍珠小姐拥抱，对着路易丝小姐和波里娜小姐深深地弯腰鞠躬。他们向我询问五花八门的事情，打听发生在林荫大道上的那些新闻，打听当前时局，打听东京事件发生后人们的看法，还打听我们那些议员最近都有什么动向。尚塔尔太太身体较胖，她的任何想法给我的印象都是思维固定、直来直去。她喜欢用下面这句话来结束对政治问题的所有争论："瞧着吧，一定没有好结果。"为什么我会对尚塔尔太太的想法产生那样的感觉呢？我说不上来。但是，她无论说的是什么，在我心里都一定会联想起这个形状——正方形，四角对称的非常大的正方形。有些人的想法会使我感觉是圆形的，而且会像铁环一样滚动。一旦他们开口说话，那些圆形的想法就会一连串地滚出来，大小不一，我看见它们一个跟着一个朝前不停滚动，直至天边。有的人的想法会使我联想到其他的一些事物……当然，这些内容都是顺便提及而已。

我们像往常一样边吃边聊。在用餐后点心时，三王来朝饼被端了上来。过去的年份里，都是尚塔尔先生做国王。至于是有意安排，还是总那么凑巧，那就无从知晓了。总之他每次都会在他分到的那份饼里找到那粒豆子，而且每次都选尚塔尔太太做王后。所以，我在开始咬饼并觉得饼里有一样非常坚硬的东西，简直要把我的牙齿崩掉的时候，我的确很意外。我小心地从嘴里取出那东西，原来是一个与蚕豆差不多大的小瓷人。我意外地叫了一声："啊！"他们注视着我，尚塔尔先生拍着手掌，高呼起来："选出国王了，是加斯东。国王万岁！国王万岁！"

在场的人都异口同声地呼叫起"国王万岁"的口号来了，我呢，仿佛有些人遇到尴尬的事就会不自觉地脸红一样，涨得满脸通红。我低着头，两个指头捏着那个瓷人，费力地挤出一些笑容，但是不知道该如何做，如何说。尚塔尔又说："该选王后啦。"这时我不知所措了。刹那间，各种各样的

想法与推测浮现在我的脑海。他们是要我在这两位小姐之中挑选出一位吗？这会不会是精心设计好的方式，让我坦露自己内心所爱？这会不会是做父母的在巧妙地、周密地、水到渠成地促成一件可能成功的婚姻呢？有关婚姻的打算总是困扰着那些女儿已长大的家庭，促使他们采取各种形式、各种伪装的手段。我不想连累到自己，何况路易丝小姐和波里娜小姐端庄拘谨的仪表使我感到说不出的胆怯。在她们中间任选一位，就像从两滴水中选一滴一样困难。再说，我心里非常畏惧在这种事情上冒险，到最后便会难以自主地、慢慢地像得到这个没有价值的王位一样，被相类似的高明而谨小慎微的手法引诱到婚姻的轨道中来。

我灵机一动，把这个富有象征意义的瓷人递给了珍珠小姐。一开始大家都不理解，接着他们对我的细心和谨慎感到钦佩，因为他们使出最大的力气拍起手来。他们高呼着："王后万岁！王后万岁！"而她，这个可怜的老小姐，却非常紧张，急得浑身发抖，结结巴巴地说："不可以……不可以……不可以……千万不要选我……我求你……别选我……我求你……"

在这个难得的机会里，我终于能够从容地观察珍珠小姐，并琢磨她的心理了。我已经习惯于看见她住在这个地方，就如同我们从小就一直住在一个小屋里，然而始终没有留心去观察屋里的摆设一样。但是有一天，一缕光线投射在那摆设上，我们会惊讶地自言自语："咦，这件家具倒挺稀罕呢！"于是大家会随着新发现而进一步探讨起那件摆设的做工、艺术价值等具有实质意义的问题来。在这以前，我一直忽视了珍珠小姐的存在。

她只不过充当了尚塔尔家一分子的角色罢了，可是，她如何能成为尚塔尔家的一分子？又是何种身份呢？她身材修长，努力不惹人注意，不过又不是个可有可无的人。他们待她和气友善，比待一个女佣好，比待一个亲戚差。我猛地发现了许多过去一直没有留心的差别！尚塔尔太太直呼她："珍珠。"两位姑娘亲切地称呼她："珍珠小姐。"尚塔尔呢，只喊她一声小姐，可是称呼的语调比她们显得更尊重。

于是我留神打量她。她多大年纪？四十岁吗？对，四十岁。这位姑娘并不老，可是打扮成很老气的样子，这一点马上引起了我的注意。她的发式、服装和饰物都不得体，可虽然如此，她却并不是一个可笑的人物，因为在她身上保留着一种纯真朴素的风韵，不过这种风韵被她巧妙地隐藏了起来。说真的，这是个多么古怪的人啊！我怎么从来没有认真地看看她呢？她的头发样式很怪异，梳成许多老气的、非常滑稽的小卷卷。在这贞洁的圣母式的头发下面，我们可以发现一个宽阔的前额，前额上横着两条很深的皱纹，那是岁月的忧伤在她脸上留下的痕迹；其次还能看见那么羞涩、那么腼腆、那么谦逊的一双温柔的蓝色大眼睛，在这双依然是那么美丽、天真的眼睛里，充满了年轻人的敏感、少女的惊讶，同时也充满了昔日的忧伤，从而使得这双眼睛特别的温柔，风韵长存。

珍珠小姐整个面部是优雅的、庄重的，这是一张没有受过人生中的种种劳累和激情折磨、蹂躏而自行憔悴的脸。多么动人的嘴！多么洁白整齐的牙齿啊！但是她简直好像连笑都不敢笑呢！

我忽然将她与尚塔尔太太比较了一下！毋庸置疑，她比尚塔尔太太好，好太多了，比她更显得典雅、仪态雍容。

接下来，轮到我这新任国王向我的王后珍珠小姐敬酒了。我说了一些动听的恭维话，珍珠小姐显得很羞涩，她的嘴唇稍稍碰了一下清冽的酒，接受了敬酒。大家便又善意地朝她开起玩笑来了。

三

晚饭过后，尚塔尔先生同我上弹子房消遣一下。因为是过节，房里生了火，很暖和。尚塔尔一边打弹子一边抽心爱的雪茄。他让我先开球。

尽管我有二十五岁了，可是当我还是小孩子的时候，他就看见过我，因此他对我的称谓总是"你"而不称呼"您"。

于是我开了球。好几次我连撞两球，也有几次落了空。可我心里一直想着珍珠小姐，因此冒昧地问了一句："请问，尚塔尔先生，珍珠小姐与您是亲戚吗？"

他感到很突然，停下来盯着我。

"咦,你不知道？你不晓得珍珠小姐的身世吗？"

"不知道。"

"你的父亲,就一直没有向你讲述过吗？"

"没有。"

"咦,奇怪？这件事情并不普通！"

他默不做声,一会儿,他说:"今天是三王来朝节,你却问这个,我感到格外惊讶！"

"那是什么缘故呢？"

"你仔细听清楚,这件事发生在四十一年前,也是这个节日。我们当时住在鲁依的城墙上。不过,先得向你讲述那所房子,然后你才能明白。鲁依城修建在山坡上,我们在那个地方拥有一所房子和一座被古老的城墙托在半空的、美丽的空中花园。所以,房子位于城里的街道上,而花园却可俯瞰那一块平原。这座花园还有一个直接通向田野的出口,正如我们常常在小说中看到的那样。顺着修在城墙里面的暗梯走到尽头是一扇便门,门前横着一条大路,门上面挂了一口大钟,这扇门是为了方便送东西来的乡下人而准备的。

"你应该对附近的环境大致了解了,是不是？在那一年的三王来朝节,已经下了整整一周的雪,就像是到了世界末日一般。我们到城墙上往外一看,只见白雪皑皑,平原上了冻,而且像抹了一层清漆似的发着光。似乎就是老天爷把大地包扎好,准备送到存放那些古老世界的仓库中去。真是惨淡无比。

"那个时候我们一家居住在那里,父母、舅舅、舅母,以及我两个哥哥与四个表妹。这四个表妹全是挺好看的小女孩,我娶的就是其中最小的那一个。现在这些人中间只剩了三个:我和我的妻子,还有一个我妻子的姐姐住在马赛。怎么搞的,一家人散成什么样子啦！我一想到这里就心里发毛！我那年是十五岁,到现在已经过去整整四十一年了。

"我们兴奋激动地准备过三王来朝节！大伙儿在客厅里准备吃晚饭,我的大哥亚科这时说:'有一条狗在平原上叫了有一会儿,这可怜的畜生肯

定是迷了路。'他话音未落,花园里的那口钟就响了。钟声很低沉,听起来
就像教堂敲的丧钟一样。所有人都不由得哆嗦了一下。父亲把仆人叫来,
让他去看一下。我们静静地等着,心里想着那将大地完全笼罩的积雪。仆
人回来禀报说,他没有发现任何异样。但是那条狗还在那儿吠叫着,不知
道是为什么。

"我们略带紧张地共进晚餐。一直到上烤肉的时候都安然无事,但是后
来,那口钟竟然接连响了三下,这三下又重又长的钟声震得我们连手指尖
都打战了,我们紧张得连气都透不过来了,互相望着,手里举着叉子,仔细
地聆听,心里感到一种莫名的恐惧。到后来我母亲说:'奇怪,过了那么久
又回来打钟。巴蒂斯特,再找个男人跟你一起去看个究竟吧。'

"于是我舅舅弗朗索瓦站了起来。他长得壮实魁梧,对自己的力气充满
自信,而且无所畏惧。我父亲对他说:'带上一支枪。谁知道是怎么回事。'

"可是,舅舅只拿了一根手杖,马上与那个仆人一同出去了。

"我们等着,又是着急,又是害怕,连饭都吃不下去了,话也不说了。父
亲想安慰一下我们,他说:'不用害怕,你们很快就会了解真相,这不过是
一个乞丐或者过路人在大雪中迷了路。他敲了第一次钟以后,见我们没有
马上去开门,就想再去找一找路,后来找不到,于是只好又回到我们家门
口来。'

"舅舅出去的这段时间漫长得就像过了一个钟头。末了,他怒气冲冲地
回来,骂道:'他妈的,什么也没有,肯定有谁在开玩笑! 只有那条该死的
狗还在离墙一百米的地方叫着,我倘若带着枪,一定给它一枪,叫它给我
闭嘴!'

"我们又接着吃饭,但是,每一个人都惊恐不安。很明显,这件事并没有
过去,还会有新的情况发生,那口钟过一会儿还会响。

"那口钟终于在我们切三王来朝饼时再次响起来了。所有的男子都起
来了。弗朗索瓦舅舅刚刚喝过香槟酒,他发誓说,非把那个敲钟的'家伙'
杀了不可,火气非常旺盛,吓得我母亲和舅母赶紧跑过去阻拦他。父亲尽
管一直冷静、做事沉稳,再加上行动受约束(他自从骑马把腿摔断了以后,

一直拖着脚走路），但是这一次他也下决心要与大家一道去看看出了什么事。我的两个哥哥，一个十八岁，一个二十岁，他们全跑去取枪。我是个小不点儿，大家不留心我，于是我也决定跟着出去，还拿上一支气枪。

"队伍马上就出发了。父亲、舅舅和提着一盏灯的巴蒂斯特走在前面。哥哥亚科和保尔紧跟着他们。我呢，也不顾母亲的央求，跟在他们后面。母亲和舅母，以及四个表妹留在屋里。

"雪还在不停地下着。树上堆满了雪，枞树给这沉甸甸的外衣压得腰都直不起来，看上去像白色的金字塔，又像大堆大堆的砂糖。隔着由细密的雪花组成的灰白色幕布，只能大致看见那些在夜色中苍白的、低矮的灌木。雪下得那么紧，十步以外就什么也看不到了。不过那盏灯在我们前面投下了一道明亮的灯光。在开始下那道砌在石墙内的转梯时，我害怕起来。我感到好像有人跟在我背后，似乎要抓住我的肩膀，将我拉走似的。我很想转身回去，但是要回去又必须穿过整个花园，我不敢。

"我听见朝向平原的那扇门开了，跟着舅舅又破口大骂：'妈的，他又走了！只要看见他这个狗杂种的影子，我就绝不饶他。'平原看上去阴森森的，与其说望上去，还不如说是感觉到的好，因为我们完全无法看清，只能够看见一片白茫茫的雪幕，上下，左右，前后，四处都是。

"我舅舅说：'听，那只狗又在叫啦。我让它尝一尝我的枪法，用这个办法干脆利落。'

"但是我父亲心地善良，他说：'最好还是先去看一下这个可怜的畜生，它一定是想吃东西。这个不幸的东西在求救，它像遇难的人那样在喊我们。快过去！'

"于是大家向前面走去，走入一层层密密匝匝、漫天飞舞的雪花中。它不停地飘浮，不停地转动着，在冻僵我们肌肉的那一刻就被我们的体温融化了。每一片雪花沾在皮肤上都引起一阵剧烈而急促的疼痛，如同火燎似的。我的膝部以下都陷在这寒冷柔软的积雪里，每走一步都得将腿抬得很高。我们越朝前走，狗的叫声越清晰入耳。我的舅舅叫道：'在那儿！'那情形如同在黑暗的夜晚遭遇敌人一样，大家便全停住脚步观察。

"我什么也看不清。等赶上其他人之后，我才把它看清楚。这条狗看上去很威猛，很怪异，是一条大黑狗，一条长着狼头、长毛的牧羊狗。它站在被提灯照着的长条形亮光的尽头，一动也不动，而且也不再叫了。它在盯着我们。我舅舅说：'这是为什么呢，它待在那儿一动也不动。我真想给它一枪。'

"我父亲斩钉截铁地说：'不，应该抓住它。'

"与此同时，我哥哥亚科说：'那儿除了一条狗，旁边还有一样东西呢。'

"狗背后果然还有一样东西，黑糊糊的，看不清楚，于是我们又小心地向前走。

"那条狗见我们朝那儿走过去，就蹲伏在地上。它的样子很驯服，甚至好像还由于自己总算把我们叫来了，感到很高兴。

"我父亲径直朝它走过去，抚摸它。它舔舔他的双手。此时，我们才发现它是被拴在一辆小车的车轮上。这辆玩具似的小车，整个儿被三四层羊毛毯包住。我们小心地掀开毯子，巴蒂斯特将马灯提上前，照着那辆小车，大家很快就看到一个婴儿躺在里面，还睡得很香哩。

"当时我们惊诧得说不出话了。我父亲最早镇定下来，他是个心地善良，而且慈悲为怀、悲天悯人的人，因此他把手伸到车顶上，说：'不幸的婴儿，你现在是属于我们的了！'在他的吩咐下，我的兄长亚科走在前面，推着小车，这真是一个出乎意料的收获。

"我爸爸接下去在那里自言自语道：'这是一个私生子，她那个不幸的母亲想到了基督耶稣是怎样出生的，于是便在这个三王来朝节的夜晚将我们的门叫开。'

"他重新立定，朝着黑暗的四周用尽力气大声叫喊了整整四次：'我们已经收留她了。'然后，他把手搭在舅舅的肩膀上，压低声音说：'弗朗索瓦，你要是朝狗开枪，会产生怎样的后果？'

"我舅舅没有回答，可是他在夜幕中认真地画了一个十字，他这个人虽然说话时口气很大，但却是一个虔诚的教徒。

"我们把狗身上的绳索解开了,它跟着我们。

"哎呀,我们回去的情形,可真是有意思!首先,我们将那辆车子从砌在城墙里的梯级抬上去就很不容易,还好,最后还是抬上去了,我们将它一直推到前厅里。

"我母亲那又慌张又喜悦的表情,还有她的动作,是多么古怪啊!我的四个表妹(最小的一个当时六岁)就如同四只母鸡守护着一个鸡窝。最后我们将一直睡得很熟的孩子从车子中抱出来,她是一个出生大约才六周的女婴。我们在她的褓褓中发现了一万法郎,是的,一万法郎,爸爸为她存放起来,预备给她做嫁资。因此,这是一个富裕人家的孩子……可能是贵族或小户人家的姑娘生的……再不然就是……我们作了多种猜测,可是真实情况却无从了解……一点儿也不了解……就连那条狗也无人认识。它并非本地的狗。然而,不管怎样,到我们家门口敲了三次钟的这个男人,或者说,这个女人,起码了解我的父母,才可能选中了他们。

"这便是出生仅仅六周时间的珍珠小姐如何来到尚塔尔家的一段经过。不过,我们称呼她珍珠小姐,还是后来的事。开始给她取的名字是'玛丽·西蒙娜·克莱尔','克莱尔'算是她的姓氏。

"讲老实话,我们抱着这个婴儿回到饭厅里去的那一幕真有趣!她已经睡醒了,转动着她那对闪烁着迷茫与困惑的蓝眼睛左右张望着那些她还很陌生的人和灯光。大家按出去前一样再次坐在桌旁,把三王来朝饼给分好了。国王是我当,如同你那样,我当时选王后选的是珍珠小姐。可是,她那个时候无法了解大家对她的尊敬与爱护。孩子就这样被养在我们家中。时光流逝,她长大了,而且温柔、和顺、善良。我们都爱她,要不是我母亲加以劝阻,我们不知要把她惯成什么样子。我母亲是一个有着很强的门第和阶级观念的人。她同意像对待自己的亲生子女那样对待小克莱尔,但是,另一方面,她又要求我们之间要保持距离,地位一定要分明。

"所以,这个孩子刚刚懂事,我母亲就把她的身世来历告诉了她,很委婉地让这个小姑娘知道,对尚塔尔家的人来说,她仅仅是一个被收留的养女,概括起来讲,她是一个外姓人。

"克莱尔以其惊人的本能和罕见的智力，理解了自己的处境，而且，她知道要如何保持和接受派定给她的地位，态度是那么有分寸，那么庄重与温顺，甚至连我的父亲都感动得流泪。这个可爱温柔的小家伙，她热情洋溢的感激和带点儿羞怯的忠诚，也感染了我的母亲，她就叫她：'我的女儿。'有时候，这个小姑娘做了一件厚道的事，我母亲便将眼镜推至额头上——这是她显示心里激动的一个表示——反复地说：'这孩子简直是颗珍珠，一颗名副其实的珍珠啊！'这个名字便是如此加在小克莱尔身上的。从那以后，我们就称呼她为'珍珠小姐！'"

对珍珠小姐身世的讲述暂告一段落。尚塔尔先生安静下来，坐在弹子台上。他的脸稍稍泛红，声音模糊，他如今是在对他自己说话，他陷入长久的沉思中，在那些浮现在他脑海中的往事中间慢慢走着，就如同漫步在我们故乡的花园中一样。我们过去曾在那里成长，那儿的每一条路，每一棵树，每一株花草，多刺的枸骨叶冬青，飘香的月桂，生着外壳柔软的鲜红多汁的果实的紫杉，让我们每走一步都回忆起过去生活的点点滴滴，而正是这些生活中不太显眼然而又美妙异常的小事，组成了丰富多彩、沉甸厚实的整个人生。

我们静静地待着，忘了打弹子。过了一会儿，他又说："天啊，她正当妙龄之时多么漂亮、多么优雅、多么完美啊！美丽又善良、纯洁而又动人！……她有一双……一双蓝色的眼睛，水汪汪的……明亮……像这样的眼睛我第一次看到……从来没有见过！"

说到这里，他停下了。于是我问："她怎么不结婚呢？"他回答了，但没有正面回答我的问题，而是回答进入他耳朵里的"结婚"这两个字。"为什么？为什么？她不愿意，不愿意。但是，她有上万法郎的嫁资，并且向她求婚的人也不少，她不愿意！她在那段时间似乎很忧郁。正是在那时，我与同我订婚六年的表妹小夏洛德终于结婚了。"

我注视着尚塔尔先生，似乎看透了他的思想，似乎一下子看清了藏在那些正直、高尚、无可厚非的心灵中的一幕既平凡而又残酷的悲剧，看清了一个既没有表白过，也没有被探索过的内心世界，像这样的心灵是无人了解的，即使是那些为了它们而自愿忍受着苦痛的牺牲者也不知晓。猛地，我在好奇心的驱使下，冒失地说：

"尚塔尔先生，原来您应该娶珍珠小姐呀？"

他颤抖了一下，盯着我说："我？娶谁？"

"娶珍珠小姐。"

"为什么？"

"因为与您的表妹相比较而言，您更爱珍珠小姐。"

他用一双异样的、瞪得大大的、惊慌失措的眼睛注视了我一会儿，然后语无伦次地说：

"我？我爱她？为什么？你是从哪里知道的呢……"

"这种事情明眼人稍加分析就可得出结论，您若是不爱珍珠小姐，您为什么要拖延整整六年时间才娶您的表妹呢？"

他放下弹子，捂住脸放声痛哭。他哭的样子可怜兮兮的，又很滑稽，就像我们挤海绵似的，眼睛、鼻子和嘴同时流水。他咳嗽，吐痰，以粉擦搌鼻涕。他揉眼睛，打喷嚏，脸上所有的孔隙又重新向外流水，并且发出一种喉音，听起来像是在漱口。我慌张，惭愧，真想一走了之。我不知道该如何说，该如何做，该怎么办才好了。

恰在此时，楼梯那儿传来了尚塔尔太太的叫声："你们的烟该抽完了吧？"

我打开门，喊道："好的，太太，我们马上下去。"

于是我又急忙走到她丈夫面前，抓住他的双肘说："尚塔尔先生，我尊敬的尚塔尔先生，请听我说，您太太在叫您。镇静下来，赶快镇静下来，我们该下去了，镇静下来。"

他结结巴巴地说："好，好，我这就下去，可怜的姑娘，我这就下去，请你告诉她，我很快就下去。"

话音刚落，他抓起那块沾满白粉，两三年来一直用来擦石板上的分数的破抹布，仔细地擦脸，最后脸露了出来，半边红，半边白，额头、鼻子、双颊和下巴全沾满了白粉，眼睛都肿了，而且还含着眼泪。我握住他的双手，

将他拉到他的卧房,小声对他说:"请您原谅我,尚塔尔先生,很抱歉我令您如此难过,但您应该明白我并非是有意要这样做的……"

他握住我的手,说:"您说得对,说得对。谁没有伤心的时候……"

于是他便将整张面孔埋进水盆里面去了。他抬起头来,我认为他这副尊容还是不能够让别人看见的,但是我突然想到了一个好计策。在他一边照镜子一边发愁的时候,我对他说:"您不用发愁,您只要说一句有沙粒掉进您眼睛里了,就可以在大家面前哭个痛快淋漓了。"他果真用手绢揉着眼睛下去了。于是大家都很着急,所有的人都想找到那粒沙子,但是无论如何都找不到。还有人谈到许多相类似的情况,说最后无可奈何只好去找医生。

借此机会,我靠近珍珠小姐,以便仔细观察她。一股强烈的好奇心,强烈到让我感到痛苦的好奇心折磨着我。她年轻时绝对美丽非凡,一双温柔的眼睛是如此大,如此沉静,并且睁得那么开,似乎从来没有像一般人那样闭上过。她的打扮有点儿滑稽,是真正的老小姐的打扮,尽管影响到她身上的美,可是她的眼波告诉我——她很聪慧。

与刚才发掘尚塔尔先生从未敞开过的内心世界一样,我仿佛也看到了她的内心,似乎这个热诚、淳朴、谦逊的女人的一生都展现在我眼前。但是我同时又感到舌头痒痒的,忍不住想问问她,想知道她过去是不是也爱他,是不是也像他那样默默承受着长期的、剧烈的苦痛,忍受过从没有人看出,也无人知道或猜到,可是到了夜里却在清冷的黑屋子里发泄出来的悲哀。我望着她,隔着有花边高领的上衣,我可以发现她的心在跳动,我自问,这个温柔厚道的女人会不会每天晚上伏在被泪水浸湿的枕头上伤心,会不会在燥热难熬的床上哭得浑身颤抖?

如同孩子们拆开一件玩具,想看看里面到底有什么东西,我低声对她说:"您要是知道尚塔尔先生刚才的悲伤程度,您肯定会同情他。"

她颤抖了一下,说:"怎么,他刚才哭过?"

"对,他哭得很难受!"

"为什么?"

她似乎很激动的样子。我回答："他是为了您。"

"您说他是为了我才哭的吗？"

"是的。他对我讲过，他真正爱的人是您，他付出了惨痛的牺牲才娶了现在的妻子……"

听到这里，她平静的身体开始发生反应，她那双一直睁着的明亮动人的眼睛突然一下子合上了，迅速得似乎不会再一次睁开来一样。她从椅子上滑下去，好像一条披肩滑落，轻缓地瘫倒在地板上。我嚷起来："快来，快来！珍珠小姐昏过去了。"

尚塔尔太太及其女儿们奔过来，就在她们忙着找水、毛巾、醋的时候，我抓起帽子，出了门。

我迈步前行，回想着刚才的行为，对尚塔尔先生与珍珠小姐产生了抱歉心理。然而，我有时也感到高兴，因为我觉得我做的似乎是一件很正确的、别无选择的事。我问我自己："我是做错了，抑或是做对了？"此事留在他们的心里，将永难忘怀。从今天起，他们会不会感到比以前轻松了？让幸福重新开始为时已晚了，可是如果怀着柔情去留恋它却还来得及。

也许在即将到来的一个春天的晚上，透过树叶的缝隙洒落在他们脚畔的月光会触动他们的心，他们会互相靠近，双手紧握，回忆起那深埋心中的苦痛，也许这一握会激起他们一生未曾体验过的陶醉滋味，而这种刹那间的陶醉也许比别人一生中得到的还要多呢！

图书在版编目(CIP)数据

羊脂球——莫泊桑短篇小说选／(法)莫泊桑
(Maupassant,G.) 著；吕延林译.-- 杭州：浙江人民
出版社，2013.1

(青少年美绘版经典名著书库/崔钟雷主编)

ISBN 978-7-213-05221-7

Ⅰ.①羊… Ⅱ.①莫…②吕… Ⅲ.①短篇小说 – 小
说集 – 法国 – 近代 Ⅳ.①I565.44

中国版本图书馆 CIP 数据核字（2012）第 267719 号

羊脂球——
莫泊桑短篇小说选 MOBOSANGDUANPIANXIAOSHUOXUAN
YANGZHIQIU

作　者	[法]莫泊桑　著　　吕延林　译
丛书策划	钟　雷
丛书主编	崔钟雷
副主编	石冬雪　吕延林　王春婷
出版发行	浙江人民出版社
	杭州市体育场路 347 号
	市场部电话：(0571)85061682　85176516
责任编辑	刘　华
装帧设计	稻草人工作室
印　刷	淄博方正印务有限公司
开　本	787 毫米×1092 毫米　1/16
印　张	12
字　数	19 万
版　次	2013 年 1 月第 1 版
	2013 年 6 月第 2 次印刷
书　号	ISBN 978-7-213-05221-7
定　价	19.80 元

如发现印装质量问题，影响阅读，请与市场部联系调换。